厦门大学哲学社会科学

繁荣计划资助项目

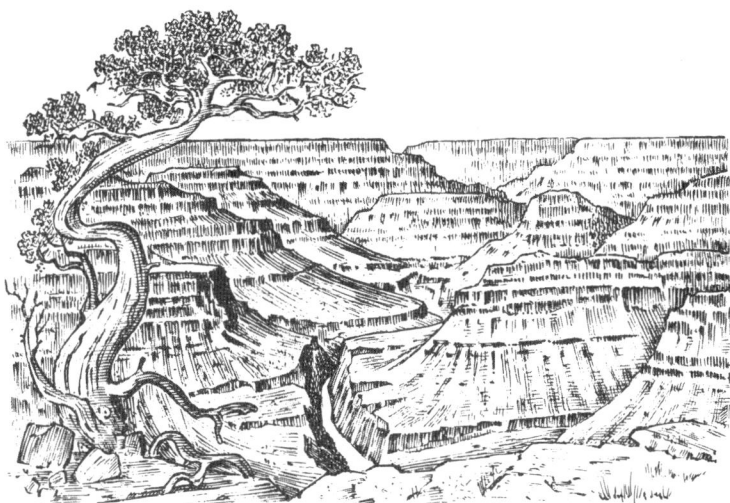

20世纪美国经典小说赏析

Appreciation of 20th Century American
Classic Novels

李美华 著

厦门大学出版社
XIAMEN UNIVERSITY PRESS | 国家一级出版社
全国百佳图书出版单位

图书在版编目(CIP)数据

20 世纪美国经典小说赏析/李美华著.—厦门:厦门大学出版社,2019.7
ISBN 978-7-5615-7423-2

I.①20… II.①李… III.①小说—文学欣赏—美国—20 世纪 IV.①I712.074

中国版本图书馆 CIP 数据核字(2019)第 093681 号

出 版 人	郑文礼
责任编辑	王扬帆

出版发行	厦门大学出版社
社 址	厦门市软件园二期望海路 39 号
邮政编码	361008
总 编 办	0592-2182177 0592-2181406(传真)
营销中心	0592-2184458 0592-2181365
网 址	http://www.xmupress.com
邮 箱	xmup@xmupress.com
印 刷	厦门市万美兴印刷设计有限公司

开本	720 mm×1 000 mm 1/16
印张	14
插页	1
字数	170 千字
版次	2019 年 7 月第 1 版
印次	2019 年 7 月第 1 次印刷
定价	49.00 元

本书如有印装质量问题请直接寄承印厂调换

厦门大学出版社
微信二维码

厦门大学出版社
微博二维码

前　言

　　任何社会都离不开文学,而文学也从来离不开社会的土壤。政治、经济和社会等各方面的发展变化势必会在文学中得到不同层面的反映。当历史的脚步跨入 20 世纪,大量移民从东欧、亚洲、拉美等地涌入美国;两次世界大战对世界造成了令人无法想象的破坏;经济危机导致美国于 1929—1933 年进入艰难的大萧条时期;大量黑人从美国南部向美国北部、西部和中西部人口集中地迁移;美国实行种族隔离政策,对少数族裔采取过度严苛的政策;新型工业技术的发展;电影电视的出现……所有这一切都对美国文学的发展产生了极大的影响。20 世纪的美国社会给文学开辟了一片广袤的土地,使美国文学精彩纷呈,佳作不断。我们熟知的美国作家中有诺贝尔文学奖获得者,有普利策奖和美国全国图书奖获得者,也有虽未斩获大奖但同样享誉文坛的杰出作家。

　　本书为大家介绍十一部小说。按小说出版的时间顺序排列,分别是西奥多·德莱塞的《嘉莉妹妹》、伊迪斯·华顿的《欢乐之家》、舍伍德·安德森的《小城畸人》、辛克莱·刘易斯的《大街》、弗朗西斯·斯科特·菲茨杰拉德的《了不起的盖茨比》、欧内斯特·海明威的《永别了,武器》、威廉·福克纳的《喧哗与骚动》、玛格丽特·米切尔的《飘》、杰罗姆·大卫·塞林格的《麦田里的守望者》、琼·狄第恩的《大河奔流》和托妮·

莫里森的《最蓝的眼睛》。这些小说涵盖了现实主义、自然主义、现代主义和后现代主义，较全面地展现了 20 世纪美国小说的全貌，可以让读者管窥 20 世纪美国文坛的非凡成就。这些作家中，有美国第一位获诺贝尔文学奖的刘易斯，也有美国第一位获诺贝尔文学奖的黑人女作家莫里森；有自然主义文学大师德莱塞，也有 19 世纪末就已享誉文坛的女作家华顿；有现代主义文学的先驱安德森，也有"迷惘的一代"代表作家海明威和菲茨杰拉德；有意识流大师福克纳，也有后现代派女作家狄第恩；有塑造了备受年轻人追崇的反英雄人物霍尔顿的塞林格，也有以仅有的一部作品名扬天下的《飘》的作者米切尔。德莱塞是美国自然主义文学大师，他的《嘉莉妹妹》正是这一流派的代表作，该书出版的年份正好是 1900 年，被视为 20 世纪美国文学的开山之作。华顿的《欢乐之家》讲述的是纽约上流社会的故事，女主人公莉莉父母双亡后，本以为自己上流社会的身份和美貌可以为她带来一桩让她下半辈子衣食无忧的婚姻，最终却惨遭失败，年纪轻轻便撒手人寰。《欢乐之家》于是成了社会风俗小说的代表作。安德森的《小城畸人》以短篇小说集的方式描绘了一群在工业主义和物质主义冲击下精神扭曲的小人物，展现了 20 世纪初期美国中西部小镇人们生活的综合画面。刘易斯是美国第一位获诺贝尔文学奖的作家。他的小说《大街》因为无情地讽刺了 20 世纪初美国中西部的小镇生活而风靡全国，刘易斯也因此一举成名，进而摘得诺贝尔文学奖的桂冠。菲茨杰拉德的《了不起的盖茨比》讲述了主人公盖茨比梦想夺回昔日情人却梦断天涯的故事，这部小说成了美国"爵士时代"的代表作。海明威更是大家耳熟能详的文学巨匠。《永别了，武器》以第一次世界大战的欧洲战场为背景，讲述了一个战争中的爱情故事。这虽是一部爱情小说，反战主题却同样鲜明。福克纳是个能够在小说创作中娴熟应用意识流创作手法的大师,《喧哗与骚动》正是这一手法的集中体现,貌似混乱不堪的小说情节讲述了美国南方一个大家族衰败的家史,读后令人感慨万千、唏嘘不已。福克纳因其非凡的文学成就于 1949 年获得诺贝尔文学奖。仅以一部作品就享誉世界文坛的作家是绝无仅有的,而米切尔就是这样的作家。《飘》自 1936 年出版至今重印不断,成了读者喜爱的世界名著。而女主人公郝思嘉的座右铭——明天又是另外一天了——鼓舞和激励了众多读者在逆境中不畏困难,勇往直前。塞林格的《麦田里的守望者》自出版之日起便受到美国大学生、中学生的热烈追捧。究其原因,就是他塑造了中学生霍尔顿这个人物形象,描绘了霍尔顿在成长过程中的苦闷与彷徨。《大河奔流》以美国加州 20 世纪四五十年代的社会转型和社会变化为背景,讲述了两个农场主家族衰败的故事,揭示了时间流逝的无情和社会变化的不可抗拒。莫里森是美国黑人女作家,在她的小说中,身份认同、种族歧视等是经常出现的主题。她的处女作《最蓝的眼睛》深刻地挖掘了这些主题,令读者对美国社会文化有了更深的认识。

这些作品以不同的视角和表现手法从方方面面反映了美国 20 世纪的社会生活,构成了美国社会一副纷繁复杂的众生相。所有的故事都引人入胜,令人不忍释手;所有的主题都发人深省,令人掩卷而思,若有所悟,而探讨、挖掘这些作品给我们带来的感悟和思考正是本书的宗旨所在。

李美华

2019 年 3 月

目　录

第一章　嘉莉的兴与赫斯特伍德的衰

　　　　——《嘉莉妹妹》赏析　　　　　　　　　/ 001 /

第二章　一朵凋零的百合花

　　　　——《欢乐之家》赏析　　　　　　　　　/ 019 /

第三章　人何以成畸人？

　　　　——《小城畸人》赏析　　　　　　　　　/ 039 /

第四章　20 世纪 20 年代美国的“乡村病毒”

　　　　——《大街》赏析　　　　　　　　　　　/ 055 /

第五章　盖茨比何以了不起？

　　　　——《了不起的盖茨比》赏析　　　　　　/ 073 /

第六章　告别武器，拥抱和平

　　　　——《永别了，武器》赏析　　　　　　　/ 093 /

第七章　一首唱给美国南方的挽歌

　　　　——《喧哗与骚动》赏析　　　　　　　　/ 113 /

第八章　明天又是另外一天了

　　　　——《飘》赏析　　　　　　　　　　　　/ 131 /

第九章　成长的烦恼

　　　　——《麦田里的守望者》赏析　　　　　　/ 149 /

第十章　滚滚红尘东逝水

　　——《大河奔流》赏析　　　　／ 169 ／

第十一章　美国黑人的蓝调生活

　　——《最蓝的眼睛》赏析　　　／ 187 ／

参考书目　　　　　　　　　　　／ 208 ／

后　记　　　　　　　　　　　　／ 212 ／

1

嘉莉的兴与赫斯特伍德的衰

——《嘉莉妹妹》赏析

　　兴与衰是事物发展的两个方向,是互相对立的。历史的脚步跨入20世纪的第一年,美国著名小说家西奥多·德莱塞(Theodore Dreiser,1871—1945)便以其力作《嘉莉妹妹》(*Sister Carrie*,1900)为读者演绎了一个发人深省的关于兴衰的故事,揭开了20世纪美国小说史的帷幕,也奠定了他作为自然主义代表作家的地位。

　　德莱塞于1871年出生在美国印第安纳州的一个德国移民家庭。父亲于1846年从德国移居美国俄亥俄州,后与当地一位农家女成亲。婚后他们生下了13个子女,德莱塞排行倒数第二。其父曾经营纺织工厂,后因失火而破产。为此,德莱塞一家为了生计频繁迁居,以致德莱塞所受的教育断断续续,并不系统。贫困的家境使德莱塞年纪轻轻就被迫走入社会。1887年,16岁的他独自来到芝加哥,先后当过饭馆洗碗工、洗衣房工人、五金店学徒、卡车司机及火车站验票员等,所得工资仅能养活自己。1889年,一位好心的中学老师慷慨解囊,资助他进入印第安纳大学学习。在校期间,德莱塞对斯宾塞、赫胥黎的生物社会学思想颇感兴趣,开始形成对社会和人生的基本看法。他认为本能与道德理性的冲突是永恒的,也是不可调和的,"丛林原则"虽不可取,但却无法改变。这些思想后来都对他的创作产生了很大的影响。遗憾的是,德莱塞并未顺利完成大学学业,第二年即辍学,后来又回到芝加哥,在某地产公司和家具公司当收账员,整日挨门逐户去收账。这些经历使他接触到下层社会各种人物和社会的阴暗面,为他日后的创作积累了丰富的素材,也决定了他创作中的悲剧色彩和自然主义色彩。

《嘉莉妹妹》和自然主义小说

　　20世纪初期,美国小说正处于现实主义向自然主义的过渡阶段。自然主义其实是现实主义的延伸,它的关注群体更加广泛,且认为人受控于本能和激情,同时也受遗传、环境等因素的影响。人在环境面前十分渺小,任何抗争都是没有意义的。自然主义小说受到19世纪科学主义发展的影响,尤其是和达尔文的物竞天择、适者生存的理论有关。在人物描写方面,自然主义作家"抛开道德和理性这些'浮浅'的品质,转向人的生理机制,尤其表现人受到内在欲望的驱使、外在社会经济因素的压力,对自己命运的无能为力"[①]。所以,自然主义作家并不对人物做道德判断,总体创作思想趋于悲观。

　　德莱塞的《嘉莉妹妹》便是一部自然主义作品,它"把一个典型的自然世界展现在读者面前"。[②] 小说讲述了农村姑娘嘉莉从老家到芝加哥谋生的故事。嘉莉的姐姐明妮和丈夫汉森都是在芝加哥靠打工为生的社会底层人物。嘉莉先在姐姐家落脚,到工厂打工,后来因病丢了工作。为了避免回到农村去,嘉莉不得已跟火车上认识的推销员德鲁埃同居。认识了芝加哥一间高档酒吧的经理赫斯特伍德后,嘉莉被他的

---

①　朱刚.新编美国文学史:第二卷[M].上海:上海外语教育出版社,2002:302.

②　杨金才.新编美国文学史:第三卷[M].上海:上海外语教育出版社,2002:2.

翩翩风度、言谈举止及经济实力所吸引,而正好赫斯特伍德也对自己的家庭生活很不满意,两人一来二去成了恋人。被妻子发现后,为了逃离家庭带给他的困扰,赫斯特伍德偷拿了公司的钱,用欺骗手段带着嘉莉一起逃到加拿大,继而辗转到了纽约。赫斯特伍德把大部分钱款还给了公司,避免了公司对他的起诉,但他从此囊中羞涩,只能投资一个小酒店,和嘉莉过着普通人的日子。不幸的是,赫斯特伍德投资失败,最后破产。

破产后的赫斯特伍德一直找不到工作,所剩的余钱越来越少,日子过得越来越紧巴。一开始,他还每天出去找工作,但总是一无所获。渐渐地,他对找工作心生反感,沮丧羞愧,于是经常到旅馆大堂去枯坐赋闲。再后来,他干脆经常待在家里,主动帮嘉莉去买些东西,其实是为了亲自参与以便节约更多的银子。他的生活也越来越邋遢,穿衣越来越随便,连胡子也从每天刮减少到一周刮一次。曾经衣着讲究、谈吐不凡、风度翩翩的赫斯特伍德变成了一个成天窝在家里、闲散无事、不修边幅的人。一开始是他主动给嘉莉家用钱,后来是嘉莉不得不开口向他讨要,再后来,他嫌嘉莉买东西不够便宜,用东西太过量。有了这些隔阂,两个人的交流越来越少。

生活的压力迫使嘉莉去找工作。因为有演戏的经验,她在戏院找到了一个做歌舞戏剧演员的职位。而赫斯特伍德的工作却一直没有着落,最后只得伸手向嘉莉要钱。嘉莉最终忍无可忍,在境况越来越好、挣钱越来越多之后,她下定决心离开了赫斯特伍德。她从一个小角色干起,最后成了名演员,过上了她想要的名利双收的日子。而赫斯特伍德虽然干过一些零活,但最终还是丢掉了工作,穷困潦倒,沦为乞丐和流浪汉。在一个风雪交加的冬夜,他用乞讨来的15美分付了一个小房间的费用,然后开煤气自杀了。

小说一方面讲述了嘉莉从一个农村来的打工妹变成芝加哥名演员的"兴",另一方面则讲述了赫斯特伍德从一个高档酒吧的经理沦为街头流浪汉的"衰",两条主线背向而行。小说一经出版便风靡美国文坛,"打破了19世纪末美国文学的浪漫主义传统,转向社会矛盾日益尖锐的现实生活,开创了文学创作的一代新风"[①]。

主题之一:物质主义

物质主义是指以物质生活为生活第一和中心要义,强调物质利益的极端重要性,主张物质享受的思想。物质主义者将物质占有视为其人生的重心,以消费行为来获得生活上的满足。纵观《嘉莉妹妹》的小说主题,物质主义便是其主题之一。

小说的主要人物一出场,德莱塞便为我们描述了他们的穿着打扮。嘉莉在去芝加哥的火车上邂逅推销员德鲁埃,德鲁埃光鲜的外表首先吸引了嘉莉的目光:

他身上的穿着很扎眼,是一套棕色隐条方格花呢西装,当时非常流行,后来就成了众所周知的便服。背心领口开得很低,露出白底粉红条子衬衫的浆硬的胸襟,雪白的高硬领系着一条款式别致的领带。上衣袖子里露出一双跟白底粉红条子衬衫料子相同的袖

---

① 杨仁敬.20世纪美国文学史[M].青岛:青岛出版社,2000:75.

口,扣着大颗镀金纽子,上面还镶着叫作"猫儿眼"的黄玛瑙。手上戴着好几枚戒指,其中有一枚很粗的永远不走样的私章戒指。背心口袋外垂着一条精致的金表链……①

看到德鲁埃的这副打扮,嘉莉不免感到相形见绌,觉得自己"身上那套镶有黑棉布条装饰的蓝色衣裙"太寒碜,"自己脚上的鞋子也太旧了"。②

赫斯特伍德出场的时候,同样是一副很体面的打扮:"他身上穿着用进口料子精工缝制的衣服,手指上戴着好几枚戒指,领带上系着一颗精美的蓝色钻石饰物,扎眼的、款式新颖的背心上拴着一根纯金表链,表链上挂着一个设计精巧的小饰物,连同一块式样和雕饰堪称最新的怀表。③"赫斯特伍德的穿着打扮比德鲁埃更胜一筹,这让嘉莉意识到他的社会地位比德鲁埃更高,收入自然也比德鲁埃更多。可以想象,这一切对从乡下来到芝加哥的嘉莉影响会有多大。于是,财富、时髦和安逸成了她渴求的东西。看到商店橱窗里令她眼花缭乱的物品,她不禁怦然心动,心驰神往,觉得"这里所有的东西她都用得着——所有的东西她恨不得都想拥有"④。可是,嘉莉只是一个打工妹,还寄居在生活拮据的姐姐家里,每周 4.5 美金的收入根本无法让她过上她想要的生活。更糟的是,因为生病,嘉莉被解雇了,连每周微薄的收入也成了泡影。为了避免回到乡下去过乡间生活的命运,嘉莉选择了委身德鲁埃,

① 西奥多·德莱塞.嘉莉妹妹[M].潘庆舲,译.北京:人民文学出版社,2003:3-4.
② 同上,第 5 页。
③ 同上,第 43 页。
④ 同上,第 22 页。

成了德鲁埃的情人。小劳伦斯·赫斯曼（Lawrence E. Hussman, Jr.）说:"嘉莉陷入了这种关系,因为她心里有种对衣服和首饰的渴望,这种渴望令她不得安宁,而这种关系提供了使这种渴望成为现实的可能性。"①

物质主义贯穿了小说的始终。认识了赫斯特伍德以后,在芝加哥一流酒吧当经理的赫斯特伍德对嘉莉的吸引,除了他比德鲁埃更加文雅的外表,自然还有他的穿着打扮、他更高的社会地位和收入更可观的工作。德莱塞在小说中写道:"就嘉莉来说,财富和欢乐的城市生活,唤起了她心中想要爬得更高、生活得更好的欲望。"②埃利奥特和休斯（Michael A. Elliott and Jennifer A. Hughes）认为,"嘉莉不是被男人诱引了,而是被城市本身诱引了"。③ 在赫斯特伍德认识嘉莉以后,他无疑成了嘉莉要满足欲望所能攀附的更佳人选。因为德鲁埃优柔寡断,对她漠不关心,他不可能带她在追求优越物质生活的道路上走得更远。而她现在认为,赫斯特伍德是个能引领她走到她梦寐以求的上流社会入口处的人。这才使她下定决心背叛德鲁埃,和赫斯特伍德偷情。

追求财富和享乐的纽约城市生活,从德莱塞笔下描述的谢丽餐厅便可见一斑。该餐厅的消费昂贵得令人咋舌,但有钱人经常在这里举办舞会、茶会、晚宴,等等:

---

① Lawrence E. Hussman, Jr. Dreiser and His Fiction: A Twentieth-Century Quest[M]. Philadelphia: University of Pennsylvania Press, 1983:20. 本书所有英文引文均为笔者自译。

② 西奥多·德莱塞.嘉莉妹妹[M].潘庆舲,译.北京:人民文学出版社,2003:144.

③ Michael A. Elliott and Jennifer A. Hughes. Turning the Century[M]//Eds. Peter Stoneley and Cindy Weinstein. A Concise Companion to American Fiction 1900—1950. Massachusetts: Blackwell Publishing Ltd., 2008:27.

光临此室的人特别会发觉这儿的座上客都是多么踌躇满志和神气十足。白炽灯、亮晶晶的玻璃杯上的反光、四壁金饰的闪光，交汇成一片令人耀眼的亮光，要闭目好几分钟方能仔细察看，分辨出个别的对象来。绅士们洁白衬衫的硬前胸、太太们色彩鲜艳的服装、钻石、珠宝、美丽的翎毛，全部都熠熠生辉，特别令人瞩目。①

不仅如此，德莱塞还对餐室的装修做了精心的描述，餐室四壁的彩绘图案、天花板上耀眼的灯饰、光可鉴人的地板、交相辉映的玻璃镜子，无不令人眼花缭乱。至此，纽约上流社会物质至上、纸醉金迷的生活方式被德莱塞从一个侧面淋漓尽致地表现了出来。

在追求物质主义的问题上，嘉莉一路走来，并非特立独行。跟她有交往的人大都是物质主义者。跟德鲁埃同居的时候，他们住在一套公寓里。邻居海尔太太对财富的无限崇拜和另一位弹钢琴的邻居姑娘讲究的穿扮和闪闪发亮的嵌宝石戒指都令嘉莉羡慕不已。而当嘉莉和赫斯特伍德逃到纽约以后，邻居万斯太太在追求物质享受方面同样对嘉莉的影响很大。万斯太太的丈夫是某大烟草公司的秘书，为万斯太太的生活提供了良好的经济保障。万斯太太"讲究服饰，喜好狂欢，热衷大都会的生活，广交朋友，爱看戏，而且还乐于跟男士们应酬交际"。②与她的交往让嘉莉自惭形秽，觉得自己的穿着不够讲究，也没有万斯太太那些玲珑剔透的黄金小饰物。嘉莉觉得自己虽然长得漂亮，但在服饰打扮方面根本无法与万斯太太相提并论。这使嘉莉再次对自己所处的现状感到不满。可见，追求物质享受不是嘉莉一个人的行为，而是社

---

① 西奥多·德莱塞.嘉莉妹妹[M].潘庆舲，译.北京：人民文学出版社，2003：352.
② 同上，第340页。

会普遍性的追求。

　　对嘉莉的道德指控首先便来源于此。嘉莉追求物质享受，想留在芝加哥过安逸日子，但是按传统的道德理念，她应该通过自己的努力，辛勤工作，由此达到自己的目的。这也是美国梦赋予人们获得成功的途径。可是，嘉莉却利用自己的年轻美貌做了德鲁埃的情人，既逃避了回乡下去的命运，又可以不劳而获地过上安逸的日子。所以，嘉莉的行为是不道德的。然而，从自然主义的角度来说，生存是第一法则。嘉莉既然选择留在芝加哥谋生，而她能留下来的唯一选择就是委身德鲁埃，那么，这种选择就无可厚非了。

主题之二：金钱

　　追求物质主义自然跟金钱分不开，于是，金钱及对金钱的欲望成了小说的第二大主题。小说中，每个人物都无法回避跟金钱的关系，每个人物都受到金钱的诱惑和困扰。嘉莉住在姐姐明妮家，明妮夫妇却要向她收取膳宿费。他们只知道省吃俭用，努力攒钱，除此之外，任何要花钱的消遣活动一律免谈。嘉莉来到芝加哥，自然也因为缺少金钱而颇感窘迫。找到鞋厂的工作后，每周 4.5 美金的周薪，交完膳宿费后就只剩下 0.5 美金，什么也买不了。眼看冬天来临，嘉莉缺少冬衣，偏偏又在这节骨眼上因为生病而失业了。这让嘉莉发出了这样的感叹："啊，金钱，金钱，金钱！有了钱，该有多好！"①只要她有钱，她眼前的一

---

①　西奥多·德莱塞.嘉莉妹妹［M］.潘庆舲，译.北京：人民文学出版社，2003：67.

切困难就烟消云散了。面临冬天的严寒,嘉莉一时又找不到工作,就是在这种情况下,嘉莉贸然接受了德鲁埃对她的支持——20美金。从此,嘉莉一步步滑入德鲁埃的怀抱,不可挽回。因为她无法拒绝金钱给她带来的安逸和享受,即使德鲁埃一再找借口不跟她结婚,她也下不了决心离开他。

金钱对人的主宰还体现在赫斯特伍德一家身上。赫斯特伍德是芝加哥最高档的酒吧——汉纳—霍格酒吧的经理,虽然算不上上流社会成员,拥有的财产也不算多,但收入可观,职位稳固。然而,在他家里,金钱似乎成了维系所有家庭成员关系的唯一纽带。赫斯特伍德太太爱慕虚荣,穿戴艳丽而又俗不可耐。她很想跻身上流社会,无奈总是不够格,于是寄希望于子女。她希望女儿杰西嘉进入上流社会的社交圈,攀上一个乘龙快婿,于是,家里便多了各种交际费、车马费、置装费以及其他费用。女儿杰西嘉同样受到物质主义的影响,"喜爱华丽的服饰,而且不时需要更新。她满脑子里净想着谈情说爱和讲究的个人家业"。[①]她对父亲漠不关心,很少把父亲放在心上。儿子小乔治同样爱慕虚荣,喜欢寻欢作乐。他虽住在家里,但不负担任何日常开支,而是自己攒钱,准备向房地产业投资。这家人缺乏宽容和互敬互爱,在一起时谈得最多的就是赚钱、度假和花销。赫斯特伍德太太向丈夫要看赛马的季票,根本不管丈夫要弄到一张票是否有困难,还说弄不到就花钱买,也不管这票有多贵。她这么做,一是为了和邻居攀比,二是为了让女儿杰西嘉露脸。随着花销与日俱增以及妻子对丈夫的不满与嫌隙越来越多,这家人的矛盾也越来越激化,赫斯特伍德觉得自己在家里的地位下

---

① 同上,第85页。

降,威信丧失,唯一的作用就是妻子和女儿的提款机。更糟的是,他和嘉莉暗度陈仓的事终于东窗事发,跟丈夫的关系只剩下钱的赫斯特伍德太太找律师着手离婚事宜,赫斯特伍德最终被扫地出门。他于是铤而走险,偷拿了公司的钱,骗取嘉莉的信任,跟她一起私奔。

从小说中可以看出,金钱因素贯穿了小说的始终,在左右人类命运的过程中起到了至关重要的作用。嘉莉只身一人前往芝加哥投奔姐姐明妮,明妮夫妇的家庭经济不好,所以催着嘉莉去找工作,找到工作后便要求嘉莉交膳宿费,这多少影响了姐妹亲情。嘉莉因病丢了工作后,德鲁埃向她伸出援助之手,给她提供的帮助是 20 美金。嘉莉最终委身德鲁埃,同样是因为身无分文,走投无路,却又不愿意回到乡下老家去。而德鲁埃之所以能够让嘉莉成为他的情人,也正是因为他有一份稳定的推销员的工作,有比较可观的收入。

赫斯特伍德的悲剧同样跟金钱有关:因为太太一味向他要钱,他和太太有了矛盾;后来因为偷拿了公司的钱,不得不和嘉莉远走他乡。小说的后半部分,我们更是感受到了金钱对嘉莉和赫斯特伍德生活的影响。逃到纽约后,赫斯特伍德资金短缺,倾其所有投资了一家小酒店,但最终投资失败。为了节约用度,他们从大房子搬到小房子。所剩余钱越来越少后,他开始限制嘉莉的日常开销,甚至在买东西这件事上亲力亲为,目的就是怕嘉莉大手大脚。到他分文不剩,而嘉莉却已经找到工作,有了收入时,他只好低声下气地向嘉莉要钱以维持生活。小说的最后,当读者读到赫斯特伍德沦为乞丐,向路人乞讨每日过夜仅需的 15 美分时,不禁深深体会到"金钱不是万能的,但没有钱是万万不能的"道理。确实,"德莱塞的人物都无法超越金钱的界限",①而"嘉莉的兴和赫斯特伍德的衰都是由他们经济状况的起落来衡量的"。② 有人评论说,德莱塞"像巴尔扎克一样,对金钱权势机器的运转了如指掌"。③ 他之所以将德莱塞和巴尔扎克相比,正是因为金钱是巴尔扎克小说中最普遍的因素。

决定论的作用

著名的自然主义小说家左拉曾经有过这样的结论:"人类世界同自然界的其余部分一样,都服从于同一种决定论。"④自然主义小说注重人的内心、环境及经济等外部环境对人造成的影响。嘉莉天生丽质,到了芝加哥后,有了德鲁埃给她提供的物质条件,加上她天生善于模仿,很快便出落成一个对男人相当有吸引力的美女,不仅德鲁埃对她刮目相看,已经有了妻室但对家人不满的赫斯特伍德更是为她神魂颠倒,不顾自己所处的危险处境与她偷欢。而嘉莉一开始之所以委身德鲁埃,是因为她在芝加哥失业了,如果不这么做,她就无法改变回老家的命运。后来跟赫斯特伍德私奔,也是出于无奈。因为她已经离开了德鲁埃,又没有找到能养活自己的工作,所以,虽然赫斯特伍德采用了欺骗

① Richard Lehan. Sister Carrie: The City, the Self, and the Modes of Narrative Discourse[M]//Ed. Donald Pizer. New Essays on Sister Carrie. 北京:北京大学出版社,2007:68.

② 同上,第68页。

③ 西奥多·德莱塞.嘉莉妹妹[M].潘庆舲,译.北京:人民文学出版社,2003:6.

④ 转引自百度百科.[2019-03-18].https://baike.baidu.com/item/自然主义/806927? fr=aladdin.

的手法,她还是同意跟他一起逃到了加拿大。辗转到了纽约以后,赫斯特伍德事业不顺,最终穷困潦倒,连生计都成了问题。为了生活,嘉莉不得已去当了舞蹈演员。也就是说,嘉莉这一路走来,都是迫于经济和生计的压力,是无可奈何之举。

> 人类毕竟还是太懦弱了,所以始终战胜不了本能和欲念。作为兽类的时候,大自然的力量使他们跟本能与欲念浑为一体;可是作为人类,他们还没有完全学会让本能与欲念听从自己的支配。他们处在这种过渡阶段左右摇摆——既不能主宰自己的本能跟大自然保持和谐,也还不善于按照人的自由意志理智地创造这种和谐。他们如同狂风中的一茎弱草,在激情的支配之下,他们的行动会表现为这个样子或是那个样子,有时受到意志的影响,有时也受到本能的影响……①

德莱塞在小说中如是说。所以,德莱塞笔下的嘉莉,在步入人生的决定性阶段时,每次都在本能与理智、欲念与觉悟中挣扎。

在自然主义小说中,偶然因素往往在决定人物命运的过程中起到了决定性的作用。小说一开始,嘉莉离开家乡前往芝加哥投奔姐姐,在火车上偶遇德鲁埃。没多久,嘉莉因为生病而失业,如果再找不到工作,就只好回老家了。就在她走投无路的时候,她又在街上与德鲁埃再次相遇。对不愿离开芝加哥的嘉莉来说,此时的德鲁埃无疑是她的一根救命稻草,于是,她不得已委身于他,成了他的情人。德鲁埃发现嘉

---

① 西奥多·德莱塞.嘉莉妹妹[M].潘庆舲,译.北京:人民文学出版社,2003:75.

莉和赫斯特伍德的事后,曾负气出走,但是,他并非想一走了之,他还是很希望能跟嘉莉和好的,于是,借口回来取东西,想假借这个方式见到嘉莉,然后与她冰释前嫌。遗憾的是,他和嘉莉偏偏没有遇上,最后只好再次离家。而嘉莉最初作为业余演员走上舞台演出,同样出于偶然。如果不是德鲁埃夸下海口可以给一个业余剧团找个女演员,嘉莉也不会被推上表演的舞台,而这为她日后在演艺界谋职和名气的不断攀升无疑打下了良好的基础。

赫斯特伍德偷拿公司的钱欺骗嘉莉跟他逃跑,这同样属于偶然事件。作为芝加哥最著名酒吧的经理,赫斯特伍德非常尽职敬业。每天酒吧打烊后,等到所有的员工都离开酒吧,他总要确认一下是不是所有的门都已锁好。通常情况下,只有过了银行营业时间收进的现款才会暂存在酒吧的保险柜里,而保险柜的密码只有会计、出纳和两位酒吧老板才有。也就是说,作为经理的赫斯特伍德是不知道保险柜密码的。但他每天离开前都会拉一拉保险柜的把手,看看是不是关严了。巧的是,那天晚上,当他习惯性地这么做时,保险柜的门却被拉开了。面临妻子起诉的赫斯特伍德看到一捆捆的美钞,心里矛盾极了。德莱塞将赫斯特伍德的矛盾心理刻画得非常细致入微。他一方面想携款潜逃,从此摆脱家庭和妻子带给他的一切烦恼;另一方面,他又清醒地意识到这是一种罪恶,是会触犯法律的偷盗行为。他心里七上八下,举棋不定,一会儿把钱拿出来放进自己的手提包,一会儿又觉得不妥,再把钱放回保险柜。这样的动作重复了好几次。在他最后一次把钱拿出来时,保险柜的门却不经意地自动锁上了。赫斯特伍德再也没有退路,于是决定铤而走险,携款潜逃。

正因德莱塞认为人类的行为很多时候并不是自由意志的结果,而是会受到经济、社会环境和偶然因素的影响,所以,他没有把嘉莉塑造成一个一味贪图享受、不知廉耻的拜金女。嘉莉刚到芝加哥的时候,由于失业,手头拮据,接受了德鲁埃给她的 20 美金。但是,她觉得受之有愧,心里感到很不安,甚至还想把钱退回给德鲁埃。因为不想回到乡下去,嘉莉不得已和德鲁埃同居,让他给她提供一切生活所需,但德鲁埃却总找借口不跟她正式结婚,嘉莉为此也曾感到内心不安,但终归还是无法抵御安逸生活对她的诱惑。被风度翩翩的赫斯特伍德吸引,特别是被他对她的满腔爱意征服以后,她开始背着德鲁埃跟赫斯特伍德约会。她对此并非心安理得,而是觉得自己"变得真吓人",心里感到"羞愧交集和困惑不安"①,觉得自己什么事都做得不对。跟赫斯特伍德继续交往后,嘉莉不时还会自我反省:"我仿佛觉得自己变成了坏女人了。我知道像我这么做是要不得的。②"但之后,就只能用赫斯特伍德对她的爱情来安慰自己。知道赫斯特伍德是个有妇之夫后,嘉莉怒不可遏,试图重新去找工作来养活自己。而她跟赫斯特伍德逃跑,也是为赫所骗,以为真是去看望出车祸的德鲁埃。

到了纽约以后,赫斯特伍德投资的酒店关门,继而失业,再到后来余钱所剩无几,不得不开口向已经找到工作的嘉莉要钱。嘉莉虽然想用自己挣的钱添置些衣服,但她还是把钱给了赫斯特伍德,而且"觉得自己心太狠,逼得他低声下气求她开恩③"。最终决定离开赫斯特伍德时,嘉莉自己虽然没钱,但是特意借了 20 美元留给赫斯特伍德。后来,赫斯特伍德身无分文,跑到剧院门口去找嘉莉时,嘉莉也没有置之不

---

① 西奥多·德莱塞.嘉莉妹妹[M].潘庆舲,译.北京:人民文学出版社,2003:126.
② 同上,第 144 页。
③ 同上,第 424 页。

理,而是把钱包里所有的钱都给了他。

正因为如此,德莱塞才没有用道德标准来评判嘉莉的行为。嘉莉没有结婚便委身德鲁埃,而后一直以夫妻名义同居,这在道德卫道士的眼里已经是大逆不道。后来,嘉莉觉得赫斯特伍德比德鲁埃更有风度,更有魅力,而且作为芝加哥著名酒吧经理的他社会地位和收入又比德鲁埃高得多,于是跟赫斯特伍德偷情;而赫斯特伍德却是个早有家室、有儿有女的男人,虽然嘉莉事先不知道这个事实,但从道德角度讲,毕竟还是做了违背道德的事。再后来,赫斯特伍德穷困潦倒、生计无着,而嘉莉的表演事业却蒸蒸日上,嘉莉在这时候无情地抛弃了他,是为情理所不容。但是,德莱塞并没有站在道德评判的角度批评嘉莉,让嘉莉受到惩罚,反倒把她写成了最后获得成功的人。《嘉莉妹妹》在出版之初之所以遭到强烈的谴责和批评,甚至被列入禁书行列,就是因为这一点。

摇椅的象征意义

小说中一再出现的摇椅是个寓意很深的用具。摇椅的运动是摇摆不定的。小说中,每当嘉莉遇到无法确定的事情时,她总是坐在摇椅里,任由摇椅摇来摇去。当德鲁埃发现她和赫斯特伍德有染并质问她时,她坐在摇椅里来回摇晃着。这时候的嘉莉其实心烦意乱,既觉得自己对不起德鲁埃,又为赫斯特伍德对自己隐瞒了有妇之夫的身份而懊恼。现在,德鲁埃声称要离开,而她跟赫斯特伍德的关系又因为他是个有家室的人而尚未确定下来。嘉莉的处境是不确定的,就像她坐的摇椅一样。

德鲁埃负气出走后,嘉莉一个人留在他们同居的公寓里,一时手足无措,毫无主张,既害怕德鲁埃从此不再回来,也担心他如果回来了她不知如何应对。于是,她又"回到摇椅里,又在沉思默想了"。① 可是,沉思默想也无法让她想出有效的应对办法。她想到了刚到芝加哥时的情景,必须自己硬着头皮去找工作,而过去的经历又曾经令她那么沮丧和无望。"她在摇椅里来回摇晃,陷入了沉思默想之中,而时间却一分钟、一分钟地逝去了,不觉天色突然全黑了下来。"②这里的天黑同样有象征意义,象征着嘉莉由于情感问题而让自己陷入了生活的困境。

摇椅不但在嘉莉和赫斯特伍德出逃前一再出现,在他们出逃后同样出现。他们逃到蒙特利尔后入住了宾馆,宾馆房间里同样有一把摇椅。之后他们很快转到纽约,而纽约的寓所里同样也有一把摇椅。在嘉莉跟着邻居万斯夫妇及万斯太太的表弟艾姆斯去谢丽餐厅用晚餐回来以后,看到卧室里熟睡的赫斯特伍德以及他留下的房间里凌乱的样子,她退了出来,回到餐厅,坐在摇椅里来回摇晃着。虽然嘉莉心里期盼着自己的生活能够过得更好,但以她的能力,还不足以为自己开拓出一条通往物质享受的成功之路来。此时此刻,她的前途是不确定的。除了嘉莉,摇椅对赫斯特伍德同样也有象征意义。在投资的酒店不得已关门之后,他不得不每天外出找工作,一无所获之后,他回到家里也会坐在摇椅里,一边摇一边看报纸。他坐在摇椅里摇来晃去,象征着他悬而未定的就业问题,同时也象征着他时运不济,生活无着的未来。

---

① 西奥多·德莱塞.嘉莉妹妹[M].潘庆舲,译.北京:人民文学出版社,2003:259.
② 同上,第 259 页。

结　语

　　嘉莉从一个农村姑娘变为著名的舞蹈演员，一路属于攀升的状态，而赫斯特伍德从芝加哥著名酒吧的经理到最后穷困潦倒自杀身亡，一步步从显赫的社会地位走向灭亡。通过嘉莉的兴和赫斯特伍德的衰，德莱塞向我们揭示了物质主义、金钱至上及决定论等多重主题。物质主义和金钱至上是 20 世纪美国社会的特点，而决定论则是自然主义小说的特点。《嘉莉妹妹》出版于 1900 年，既是 20 世纪美国小说的开山之作，也是美国自然主义小说的扛鼎之作。如果说读者在嘉莉身上看到了实现美国梦的希望，那么，在赫斯特伍德身上，读者同样看到了美国梦的幻灭。

2

一朵凋零的百合花

——《欢乐之家》赏析

　　伊迪丝·华顿(Edith Wharton，1862—1937)是美国著名的社会风俗小说家,因为出生在纽约上流社会,熟悉上流社会的生活,她用犀利的笔锋和诙谐幽默的笔法描写了纽约世纪之交的社会背景、风俗文化以及上流社会的百态人生,把当时美国上流社会内部复杂而微妙的关系呈现在读者面前,被称为"社会行为方式及风俗习惯的编年史家"①。出版于1905年的《欢乐之家》(*The House of Mirth*)便是华顿社会风俗小说的代表作。

　　华顿于1862年出生于美国纽约。美国内战结束后,她随父母旅居欧洲,11岁时又随父母回到美国。因自幼受欧洲文化的濡染,华顿酷爱文学,阅读面很广,少年时代就开始尝试小说创作。华顿最早出版的是诗歌。1878年,华顿的父亲将她写的20首诗作和她翻译的5首诗歌整理成合集,以《诗集》(*Verses*)为名秘密出版。尽管华顿早年便已显露她的文学才华,但是她所在的社会圈子以及家庭都不鼓励她继续创作。1885年,华顿与长她12岁的爱德华·华顿结婚。爱德华出身于波士顿的上流社会,两人可谓门当户对。他们虽然也有共同的兴趣爱好,但很难在精神层面沟通交流。华顿在无所事事与物质富足中度

---

① Carol J. Sinley. Edith Wharton[M]//Ed. in chief. Jay Parini. The Oxford Encyclopedia of American Literature.上海:上海外语教育出版社,2011:344.

过了几年时光。与此同时,她尝试继续追逐儿时的文学梦想。1899年,华顿出版了第一部短篇小说集——《更大的嗜好》(The Greater Inclination),从此步入小说创作的丰收期,几乎每年都有作品问世。1907年,华顿移居法国,与亨利·詹姆斯结成挚友,并深受其美学思想的影响。后来,爱德华·华顿开始在年轻的女人身上挥霍钱财,导致华顿心情抑郁。在经历了一次严重的精神崩溃并入院治疗后,两人于1913年离婚。第一次世界大战期间,华顿投身慈善事业,帮助难民、伤员和失业者。一战结束后,华顿离开巴黎市区,迁居巴黎郊区,于1937年在法国去世。

华顿的创作生涯长达 50 余年,总共有 25 部小说、84 篇短篇小说和其他诗集及非小说作品问世。1921 年,华顿以长篇小说《天真时代》(The Age of Innocents,1920)摘取了当年的普利策奖,成为首位获此殊荣的女作家。1924 年,华顿被耶鲁大学授予名誉文学博士学位,同样成为首位获此荣誉的女性。1924 年,她被美国艺术和文学学会授予金奖,以表彰她的创作对文学艺术做出的杰出贡献。

纽约上流社会的众生相

《欢乐之家》是华顿描写社会风俗的小说。社会风俗小说是现实主义小说,是对某一特定社会历史时期特定社会阶层的习俗、价值观念和思维模式集中书写的小说体裁。通常情况下,个人欲望的满足和社会对人的道德观念、经济地位的要求之间是相互冲突的。这类小说的主人公通常是一个寻求婚姻的单身女性,而她所处的社会阶层在决定她能跟谁结婚方面起了决定性的作用。社会风俗小说描写了该社会阶层得体和不得体的行为举止以及不同阶层之间的差别和相互关系。通常情况下,小说以女主人公的婚姻或死亡而告终。

《欢乐之家》中,女主人公是出生上流社会的莉莉·巴特。小说开始时,莉莉就已经是个 29 岁的剩女。她父母已逝,孤身一人,寄居在寡居的姑妈家中。除了自己的一点点钱和姑妈有限的接济,她没有别的收入,唯一的期盼就是嫁给上流社会一个富有的男人,以延续她上流社会一员的身份。她的目标很明确,也确实付出了一定的努力。然而,她无法违背自己的心愿,最终因种种遭遇而被上流社会所抛弃。莉莉生活窘迫,失眠严重,最后因吞食了过多的安眠药而凄惨地离开了人世。

《欢乐之家》给读者描绘了一幅 20 世纪初美国纽约上流社会的真实生活场景。在纽约上流社会,金钱是主宰一切的东西。有了钱便有了在上流社会的立身之本,没有钱便失去了根基,被这个社会抛弃。为了留在上流社会或是跻身上流社会,有的人违背自己的意愿,跟自己并不心仪的有钱人结婚;有的女性可以容忍丈夫跟别的女性调情,只要管住丈夫的钱袋子就行;有的人却以自己的钱财为工具达到卑劣的目的。各色人物林林总总,粉墨登场。作者伊迪丝·华顿之所以能够做到这一点,是因为华顿本人就出生在上流社会。作为一个女性,她必须学会那个年代那个阶层要求她必须学会的所有端庄的行为举止和社交礼仪,必须参加上流社会的各种社交活动。正因为华顿自己也是上流社会的一员,对上流社会的生活和女性的生活状况极为熟悉,所以,她才能成功地在《欢乐之家》中塑造了莉莉这一女性形象。《欢乐之家》出版后,连续四个月位居畅销书单榜首,出版的第一年便售出 14 万册,被很多人认为是华顿最成功的小说。

金钱：衡量一切的标准

因为出生在纽约上流社会，主人公莉莉对婚姻不可能有太多的选择。她只能在上流社会的单身男子中择一为婿，因为这是她保住自己上流社会身份的唯一途径。不幸的是，莉莉的父亲破产了，不久后去世，母亲带着她投亲靠友，最后也抑郁而终，丢下莉莉孤身一人，寄人篱下，靠姑妈的关照过日子。

莉莉其实已经一无所有，只剩下漂亮的长相。华顿从一开始便借由男主人公塞尔登的观察烘托出莉莉迷人的外表："她那生气勃勃的头部，在人群的暗淡色调的衬托下，显得比在舞厅里更加引人注目。戴着深色的帽子和面纱，她又恢复了少女时期的丰润——那种经过了 11 个年头不断熬夜和不知疲倦地跳舞正在丧失的色泽。"[①]也就是说，从莉莉进入纽约社交圈，已经过去了 11 个年头。现在，莉莉已经 29 岁，但还跟少女时代一样魅力不减。"她那小巧的耳朵的造型，那向上卷曲的发波（装点得竟如此光彩熠熠），还有那生得密密的黑睫毛——这一切都令他陶醉。她周围的事物顿时显得柔和优雅，生气勃勃，美妙异常。"[②]对塞尔登来说，年近 30 的她还是那么迷人，"每一次见到她，塞尔登总会产生兴趣——她老是引起人们的猜测，她的最简单的行为似

---

① 伊迪斯·华顿.欢乐之家[M].赵兴国、刘景堪，译.南京：译林出版社，1993：3-4.
② 同上，第 5 页。

乎都是寓意深长的"①。在塞尔登眼里,莉莉是个"连急着赶末班车的旅客都能吸引住的人物"②,她是"气度不凡"③的,塞尔登"对莉莉·巴特一直十分欣赏"④。

因为莉莉长得很漂亮,又还属于上流社会,所以,上流社会的贵妇们对她还算友好,会邀请她去参加晚会和其他活动,莉莉在社交圈也还算个风云人物。但是,没有经济基础支撑的莉莉不过是被上流社会富人利用的工具而已。莉莉对此也不是不知道。她曾对塞尔登说:"那些最好的朋友,她们要么利用我,要么指责我,可谁也不关心我的痛痒。"⑤莉莉可谓一语道破了她和她那些上流社会所谓的"最好的朋友"的关系。所以,当莉莉因与人交往不慎而传出流言蜚语时,莉莉不但被姑妈剥夺了继承权,还被上流社会无情地赶出了社交圈。华顿用一句话比喻莉莉被赶出社交圈时的状况:"如果一个人不能成为社交季节固定程序中的部件,他就等于被甩出轨道,处于不存在的社会真空里了。⑥"莉莉最终被无情地扔进"社会真空"里。

《欢乐之家》描述的社会,是一个"赚钱,花钱,然后赚更多的钱的社会"⑦。纵览全书,金钱是主导一切的最重要的因素,对小说中大多数人物的影响都很大。用莉莉的话说就是:"金钱能够换取一切,它的购

① 伊迪斯·华顿.欢乐之家[M].赵兴国、刘景堪,译.南京:译林出版社,1993:1.
② 同上,第1页。
③ 同上,第5页。
④ 同上,第4页。
⑤ 同上,第9页。
⑥ 同上,第268页。
⑦ Millicent Bell, Introduction：A Critical History[M]//Ed. Millicent Bell. The Cambridge Companion to Edith Wharton. Cambridge：Cambridge University Press, 1995：138.

买力不仅局限于珠宝和小汽车。"①首先，要想成为上流社会的一员，金钱是必不可少的。莉莉的家庭本来属于上流社会，但是，她的父亲非常努力却还是无法改变家庭经济日渐拮据，终至破产的命运。父母过世后，没有了金钱支撑的莉莉空有上流社会成员的身份，只能靠上流社会贵妇的关照留在这个阶层里。当她最终连继承权也被剥夺，悲惨到要靠自己的劳动挣钱过日子时，她已经完全失去了上流社会的身份，因此也就失去了留在上流社会和助力别人跻身上流社会的资本，连原本对她阿谀奉承的犹太人西姆·罗斯戴尔都不再考虑把她当成结婚的对象。

由此可见，要想留在上流社会，或者想跻身上流社会，首先得有金钱的支持。有了钱财，首先便有了向上爬的基础。小说中的罗斯戴尔就是这样的人。罗斯戴尔属于纽约的新富，虽然很有钱，但不是上流社会的一员。为了跻身上流社会，他千方百计地跟上流社会的人套近乎，希望自己能被他们接受。一开始，他并不受待见，但是，因为他具备了跻身上流社会的资本——金钱，渐渐地，便有人对他伸出橄榄枝，如邀请他赴宴，介绍他进入纽约社交圈，等等。随着他的钱财越来越多，上流社会对他的态度也渐渐有了变化。可以预见，随着时间的推移，他最终是会被上流社会接受的。

金钱对小说中所有人物的生活都起着至关重要的作用。对罗斯戴尔来说，钱就是他得以跻身上流社会的最重要的资本。对于道塞特太太来说，钱是她对别人施展权势和影响力的工具。华顿一针见血地指出："伯莎·道塞特的社会信誉就是根植于一笔坚不可摧的银行存款之

---

① 伊迪斯·华顿.欢乐之家[M].赵兴国、刘景堪，译.南京：译林出版社，1993：72.

中的。"①对特莱纳先生来说,钱是他得以引诱其他女人的手段。律师劳伦斯·塞尔登属于中产阶级,自然不属于富有的男人,莉莉虽然对他有意,却不把他放在结婚对象的考虑之列。莉莉和主要人物罗斯戴尔更是形成了鲜明的对比,莉莉因为没有钱最终被赶出了上流社会,而罗斯戴尔因为有钱,最终将被上流社会所接受。

金钱成了衡量一切的标准。毋庸讳言,人们的恋爱和婚姻也就为金钱所左右。莉莉的表兄杰克·斯特普尼经济不好,于是,他娶了富有的范奥斯勃家的一个小姐为妻,即使这位小姐既不漂亮又很乏味。塞尔登的表妹格蒂·法里什只是中产阶级的一员,致力于慈善,独自住在公寓里。她既没有钱,也不是上流社会的一员。从小说中似乎可以预见,她必将成为无人问津的老处女。主人公莉莉的恋爱和婚姻也一样。她的父亲破产后去世,她的母亲就把赌注押在莉莉的美貌上,经常对莉莉说:"可你一定会把一切都夺回来的——夺回一切! 就靠你这张脸。"②父母过世后,莉莉除了一张漂亮的脸蛋,别无所有。她很清楚,如果自己还想在上流社会待下去,还想过富足奢华的生活,就必须在上流社会有钱的单身男人中寻找一个丈夫。有了金钱,她才能继续在上流社会立足。"金钱是上流社会的支柱",但是,"在金钱万能的竞技场中,莉莉是手无寸铁的"。③ 毫无疑问,手无寸铁的莉莉最终势必在这一竞技场中遭到惨败。

---

① 伊迪斯·华顿.欢乐之家[M].赵兴国、刘景堪,译.南京:译林出版社,1993:267.

② 同上,第29页。

③ 同上,第5页。

莉莉的择婿与失败

　　小说一开始,莉莉年轻貌美,而且还是上流社会的一员,属意莉莉、愿意与她结百年之好的男人不止一个,这其中包括属于上流社会的富人珀西·格赖斯、纽约的新贵西姆·罗斯戴尔和男主人公——属于中产阶级的律师劳伦斯·塞尔登。

　　珀西·格赖斯是上流社会的一个年轻人,他继承了父亲的遗产,在纽约也有家产,自然也就成了莉莉的择婿目标之一。小说开始不久,莉莉在去另一贵妇特莱纳太太家参加宴会的火车上遇到格赖斯,简直喜出望外:"莉莉眼睛一亮,一丝微笑把嘴角绷紧的线条放松开来。她早就知道珀西·格赖斯先生要到白乐蒙去,却没指望有这样的好运气,能在火车上单独遇见他。①"显然,莉莉为有这种机会而高兴。于是,她便施展自己的手段,引起格赖斯对她的注意,进而跟他套近乎。她主动邀请格赖斯坐到她旁边的空位子上,然后开始跟他攀谈。知道格赖斯家中有从叔叔那里继承来的美国史料且格赖斯对之视若珍宝,莉莉便把从塞尔登那里听来的关于美国史料的知识用来和格赖斯交流。莉莉所费的这些心机全是为了俘获格赖斯的欢心,以便能够嫁给他。

　　但是,格赖斯虽然是上流社会的一员,但从个人条件上论,绝对不是莉莉心仪的对象。格赖斯羞涩腼腆,天性迟钝,谨慎多疑,乏味无趣。在白乐蒙,对于如何对待格赖斯,莉莉陷入了两难的境地。一方面,她

---

① 　伊迪斯·华顿.欢乐之家[M].赵兴国、刘景堪,译.南京:译林出版社,1993:18.

想接近格赖斯,以便让他迷上自己,然后娶自己为妻;另一方面,她不喜欢格赖斯,跟他在一起感到百般无趣。对于莉莉这种心情,华顿这么写道:"她被珀西·格赖斯烦扰了整整一个下午——一想起来,就仿佛听到了他那沉闷乏味的声音——可是明天还是不能忽视他,她必须继续扩大她的战果,必须忍受更多的烦扰,重新做好依顺是从的准备。而这一切都是为了一个难得的机会,他或许能给她这样一种荣耀,决定烦扰她一辈子。"①由此可见,莉莉虽然不喜欢格赖斯,不喜欢被他烦扰,但是,她还是决定忍受他,原因就是他是上流社会富有的单身男人,有可能决定娶她为妻。如果嫁给格赖斯,"她将拥有比朱迪·特莱纳还要时髦的衣服,比伯莎·道塞特多得多的珠宝,她将永远摆脱不富裕的人们那种低声下气、穷于应付的状况。非但不去奉承别人,她还要受到别人的奉承;非但不对别人表示感激,她还要接受别人的感激"②。

遗憾的是,尽管特莱纳太太也帮忙促成莉莉和格赖斯的好事,莉莉自己却主动放弃了。究其原因,一是想到如果和格赖斯结婚,她的生活将陷入纽约上流社会生活的那种模式,她似乎可以看到"自己选择的空虚生活展现在她的面前,像一条空荡荡的漫漫长路,没有斜坡,也没有拐角"。③ 莉莉放弃格赖斯的第二个原因,是她在白乐蒙见到了本来不打算来参加宴会的塞尔登。塞尔登是个律师,但并不属于上流社会,只是个中产阶级。所以,他一开始并不是莉莉属意的对象。但因为他的职业,他成了个游离在上流社会和中产阶级之间的人,可以认识上流社会的成员,观察上流社会的生活。莉莉和塞尔登早已认识,两人还比较

① 伊迪斯·华顿.欢乐之家[M].赵兴国、刘景堪,译.南京:译林出版社,1993:26.
② 同上,第 50 页。
③ 同上,第 56 页。

谈得来,而且互有好感。塞尔登一直被莉莉的漂亮所吸引,对莉莉也一直很欣赏。而对莉莉来说,"他的一切都符合莉莉过分讲究的兴味,甚至他在评论她感到神圣的事物时表露出的温和的讽刺,都引不起她的反感。莉莉最崇拜的是他表达优越的能力并不亚于她见过的最富有的人"。[①] 只是塞尔登不是有钱的上流社会成员,莉莉并未把他当成自己未来丈夫的候选人。但他们待在一起的时候,两人很谈得来,而且感到很愉快。

塞尔登在白乐蒙出现之后,莉莉再也说服不了自己继续忍受格赖斯的烦扰,在本该陪格赖斯去教堂做礼拜的时候却听从自己心的召唤,借故留了下来,跟塞尔登在一起,后又跟塞尔登一块去小树林散步。愉快的心情再次使莉莉质疑自己的行为是否合适:"连她自己也解释不清今天这种轻松愉快的情绪,这种情绪似乎举着她从脚下充满阳光的世界扶摇直上。她不明白,这究竟是爱情呢,还是仅仅由于愉快的思想与感情偶然发生了巧合?这种愉快心情多大程度上是因为想到逃脱了枯燥无聊而使然?"[②]因为莉莉知道自己的目标是上流社会的人,所以总觉得跟塞尔登不会发生情感纠葛。但是,自己很乐意跟他在一起,自己对他的教养、威望等都很欣赏,这又让她不由得对自己的感觉产生了困惑。

事实上,莉莉一直处在两难中。对格赖斯,她一方面把他当成追逐的目标,想接近他,另一方面又因为他的单调乏味想要摆脱他。对于塞尔登,她一方面因为他的中产枳极身份和经济地位而把他排除在目标之外,另一方面又情不自禁地想要跟他在一起。结果,在白乐蒙,莉莉

---

① 伊迪斯·华顿.欢乐之家[M].赵兴国、刘景堪,译.南京:译林出版社,1993:66.
② 同上,第65页。

不小心得罪了另一贵妇道塞特太太,道塞特太太便刻意在格赖斯面前破坏莉莉的形象,把莉莉抽烟和打桥牌赌博这些信息全都透露给格赖斯,导致格赖斯弃莉莉而去。莉莉与格赖斯结合的希望就此成了泡影。

西姆·罗斯戴尔是个犹太人,他身材丰满,面色红润,还长着一双小眼睛。虽然他很有钱,但是,无论就长相还是身份而言,都入不了莉莉的眼。富有的罗斯戴尔想方设法地跻身上流社会。他对莉莉一见倾心,这一是因为莉莉长得漂亮,二是因为莉莉拥有的上流社会身份。如果能跟莉莉结为夫妻,他自然就成了上流社会的一员,他跻身上流社会的梦想也就实现了。然而,遗憾的是,他虽然在钱财上可以与上流社会的贵族们媲美,却不受他们待见。"在莉莉的小圈子里,罗斯戴尔被宣判为'不能相容的人'。杰克·斯特普尼也因为企图通过邀他赴宴报答他而受到严厉指责。"①罗斯戴尔费尽心机,他跻身上流社会的梦想还是没有丝毫的进展。

对莉莉,罗斯戴尔无疑是满意的。所以,一开始,他总是试图讨好莉莉,见到莉莉,总是露出赞赏和讨好的神情。有一次见到莉莉,罗斯戴尔"双唇张开,笑着等待她要说的无论什么话,就连他的脊梁也意识到让人看到同巴特小姐在一起的好处"②。罗斯戴尔对莉莉讨好巴结的神情真是让人一目了然。但是,莉莉对他的态度与别的上流社会女性别无二致,根本不把他列为自己考虑的对象。虽然她答应到他的包厢去看场歌剧,但并不打算接受他。在莉莉参加布赖家举办的宴会和扮演了雷诺兹的画作——《劳埃德夫人》中的人物后,大家都被她的美给征服了。罗斯戴尔亲自上门拜访莉莉,明确表明了自己的态度:希望

---

① 伊迪斯·华顿.欢乐之家[M].赵兴国、刘景堪,译.南京:译林出版社,1993:17.
② 同上,第97页。

莉莉成为帮他花钱的女主人。但是,因为对塞尔登的感情,莉莉婉言谢绝了罗斯戴尔的提议。她对罗斯戴尔是这么说的:"你说得很对,罗斯戴尔先生。当一个人很穷、却又生活在富人中间的时候,要做到完全独立和自尊不是很容易的。我过去对钱的事太不留心了,为了还债发过愁,但是,如果我以此作为接受你一切赠予的理由,除了摆脱忧愁的愿望,对你没有更好的报答的话,那样我就太自私、太忘恩负义了。"①这里,莉莉的意思就是说,她对罗斯戴尔没有感情,不能在情感上对他予以回报。

令莉莉始料不及的是,随着故事的发展,由于她自己的行为不慎和其他人的造谣中伤,她在上流社会渐渐失势,最终被彻底赶出上流社会。与此相反,罗斯戴尔"正以缓慢却始终如一的顽强精神……穿过社交界密集的对立面向前推进。他的财富加之以他的巧妙利用,已经赋予他在事业上令人羡慕的显著地位"②,于是,他想跻身上流社会所做的各方面努力都有了进展。当莉莉没有了上流社会的身份,对罗斯戴尔跻身上流社会产生不了任何推动作用时,对罗斯戴尔来说,莉莉便不是未来妻子的理想候选人了。当莉莉没有别的更好的选择,对他明示她可以接受他时,他虽然在情感上还属意莉莉,在行动上却拒绝了莉莉,他说:"我比以往任何时候都更爱你,可是一旦娶了你,就会彻底毁了自己。这些年的心血全都白费了。"③对他的话,莉莉理解得很透彻:

---

① 伊迪斯·华顿.欢乐之家[M].赵兴国、刘景堪,译.南京:译林出版社,1993: 182-183.

② 同上,第246页。

③ 同上,第263页。

031

"我明白了，……一年之前，我可能对你有用，而现在却会成为你的负担。"①但是，罗斯戴尔提出让莉莉以道塞特太太写给塞尔登的信为武器，逼迫道塞特太太重新接受她，恢复她上流社会一员的身份，这样，他和莉莉之间就没有障碍了，因为对塞尔登的感情，为了保护塞尔登，莉莉没有这么做。

莉莉的"行为不慎"，主要是由她和特莱纳先生的钱财来往引起的。特莱纳是个已有妻室的上流社会成员，他的妻子朱迪曾是莉莉的好朋友，于是，莉莉也就成了朱迪举办的社交活动中的活跃分子。由于莉莉自己没什么收入，姑妈能给她支付的费用也有限，满足不了她奢华的装着打扮和陪贵妇们打桥牌所需要的花费，所以，她同意让特莱纳先生帮她投资，以赚取一些收入来贴补花销。没想到特莱纳先生并未帮她投资，而是把自己的钱作为投资所得给了莉莉。之后他便原形毕露，要求莉莉做他的情妇。莉莉当然没有同意。知道原委后，她还打算想办法把钱还给特莱纳先生。但是，关于她接受特莱纳先生的钱的消息已经传出，惹恼了朱迪，她和朱迪的朋友关系就此宣告结束。

莉莉所受的中伤主要来自两个方面：一是贵妇道塞特太太；二是她的表亲格雷斯。道塞特太太是个情感放荡的女性。借助自己上流社会的身份，她跟不少男人都有不清不楚的关系，但她决不允许别人挡自己的道。在白乐蒙，莉莉跟塞尔登在一起，她很不高兴，因为她跟塞尔登曾经有过亲密的交往，也希望塞尔登是因为她才去白乐蒙的。这是她之所以在格赖斯面前中伤莉莉的最主要的原因。后来，她和丈夫一起

① 伊迪斯·华顿.欢乐之家[M].赵兴国、刘景堪,译.南京:译林出版社,1993:263.

到欧洲度假,她假情假意地邀请莉莉跟他们同行,目的是让莉莉分散丈夫的注意力,好让她自己和情人鬼混。但是,当她和情人离开游艇彻夜不归后,却倒打一耙,说莉莉单独跟她的丈夫道塞特先生待在游艇上过夜,意指他们之间有了不正当的关系。

莉莉和特莱纳先生的金钱来往以及有关她和道塞特先生的流言蜚语虽然在上流社会传得沸沸扬扬,但是,莉莉的姑妈深居简出,本来并不知道。莉莉的表亲格雷斯·斯特普尼却把这一切事无巨细地报告给莉莉的姑妈佩尼斯顿夫人,其动机是她认为莉莉不喜欢她,而且在佩尼斯顿夫人举办的一次罕见的宴会上,她没有接到邀请,而这全是莉莉造成的。保守的佩尼斯顿夫人无法容忍莉莉的不端行为,最终剥夺了莉莉的继承权,只给了莉莉 1 万美元。这也是导致莉莉最终贫困潦倒而悲惨死去的原因之一。

从以上分析可以得知,如果莉莉一味以金钱作为择婿标准,她是有机会把自己嫁出去的。可是,莉莉"当真并不高兴嫁给一个仅仅富有的人,她私下里为妈妈对金钱的那种赤裸裸的欲望感到羞耻"。① 莉莉放弃了格赖斯,也拒绝了罗斯戴尔。在莉莉每况愈下的时候,道塞特也曾是一个选择。道塞特先生发现妻子对自己不忠后,曾经请求莉莉的帮助,指证他妻子的不忠行为,这样他就可以和妻子离婚,他也可以娶莉莉为妻。可是,莉莉没有接受这一提议,最终却被道塞特太太倒打一耙,全盘皆输。她手里其实还有道塞特太太对丈夫不忠的证据,即她从清洁女工手里买下来的道塞特太太写给塞尔登的一沓信件。但是,莉莉同样没有把这些证据拿出来。她被赶出上流社会后,罗斯戴尔曾让

① 伊迪斯·华顿.欢乐之家[M].赵兴国、刘景堪,译.南京:译林出版社,1993:35.

第二章 / 一朵凋零的百合花

033

她把信件拿出来要挟道塞特太太,逼她重新接受莉莉回到上流社会。但是,莉莉同样没有接受。究其原因,莉莉都是为了保护塞尔登。

与塞尔登的关系和情感纠葛是莉莉的切肤之痛。一开始,因为塞尔登只是中产阶级的一员,靠当律师谋生,莉莉并未把他当成未来丈夫的候选人。小说一开始,作者便安排了莉莉和塞尔登在火车站偶遇的场景。虽然不考虑把塞尔登当成候选人,但是莉莉对他颇有好感。见到塞尔登,莉莉主动提出去哪里喝杯茶。于是,塞尔登邀请她去他住的公寓喝茶闲聊。因为双方都明白两人不可能发展成恋人,所以,两人谈话相当坦诚,甚至还开些无关紧要的玩笑。但是,莉莉对塞尔登有好感是毫无疑问的,否则她不可能冒着被别人遇见的危险只身去一个单身男人的公寓,因为这对一个未婚女性是极不适宜的行为。不幸的是,莉莉从塞尔登家里一出来就碰到了罗斯戴尔,想要遮掩,却一下子就被罗斯戴尔揭穿了谎言。

莉莉到白乐蒙,目的之一便是想施展自己的魅力让年轻富有的格赖斯拜倒在她的石榴裙下。但是,塞尔登的突然出现打乱了她的计划。她听从自己内心的召唤,和塞尔登度过了一天愉快的时光,却因此招来了道塞特太太的嫌恶,因为塞尔登和道塞特太太也曾有过不一般的关系。最终,道塞特太太对莉莉的中伤导致格赖斯逃之夭夭。莉莉扮演雷诺兹画作中的人物劳埃顿夫人之举同样令塞尔登倾倒。“她那高洁开朗的神态,无比优雅的气质,流露出诗一般的妙趣。塞尔登在她跟前总是感觉到她的这种气质……此刻,这种气质表现得如此生动,塞尔登觉得仿佛第一次亲眼看到了真正的莉莉——摆脱了平庸的小天地的莉莉,顿时领悟了由她的美貌作为组成部分的永恒的和谐。"[①]塞尔登被彻底征服了,他终于不再顾忌莉莉只想在上流社会找结婚对象的想法,明确表达了对莉莉的爱。塞尔登对莉莉流露爱意的那一幕非常浪漫,非常感人:

> 塞尔登无言地向她伸出了手臂,她默默地接住,两人迈动脚步,不是朝着餐厅的方向,而是逆着人流走开了。周围一张张的脸像睡梦中流动的影像那样流过,她几乎没有注意塞尔登要把她引向何处,直到穿过长长的一套房间,在尽头处穿过一道玻璃门,才突然发现来到了香气袭人的静谧的花园里……塞尔登同莉莉静静地站在那儿,将眼前的幻景溶进了他们梦一般的情感之中。一阵夏季的微风吹拂他们的面颊,树枝间的亮光在布满星斗的天穹下交相叠错,他们都不觉得惊讶。两个人单独待在一起的甜蜜滋味却跟四周异样的寂静那样令人感到新奇。[②]

这一幕,似乎让读者松了一口气,以为莉莉和塞尔登之间的感情尘埃落定。然而,事态的发展却令读者始料不及,而莉莉的厄运这才真正开始。

特莱纳先生谎称帮莉莉投资,分几次给了莉莉 9000 美元,其目的不过是为了把莉莉变成他的情妇。为了达到目的,他趁妻子不在纽约时以妻子的名义邀请莉莉到他家中,试图让莉莉就范。莉莉明白特莱纳的不良企图后严词拒绝。还好,特莱纳最终克制了自己的情欲,莉莉

---

① 伊迪斯·华顿.欢乐之家[M].赵兴国、刘景堪,译.南京:译林出版社,1993:137.

② 同上,第 139 页。

夺路而逃,匆匆离开了特莱纳家。不幸的是,这一切正好让碰巧经过的塞尔登看到。塞尔登于是认为有关莉莉和特莱纳的那些流言蜚语并非是空穴来风,这让他对莉莉的态度来了个 180 度的大转弯。在莉莉最感屈辱无助且把他的爱当成唯一希望的时候,他不但违约没去见她,而且不告而别,离开纽约到别处去了。

因为莉莉的声誉受到影响,她不得已接受了道塞特太太的邀请和她一起去欧洲度假。在欧洲,莉莉又碰到塞尔登,但塞尔登情感的洪流已经完全退去,只把莉莉当朋友看待。从欧洲回来以后,莉莉虽然试图挽回自己的颜面,让她的老朋友诸如特莱纳太太和道塞特太太能重新接受她,无奈都不奏效。姑妈去世以后,她被剥夺了继承权,也无法继续在姑妈的房子里居住,不得已住到私人小旅馆去。

其实,莉莉住所的变换就是莉莉处境每况愈下的一种象征。最早莉莉是和父母住在自己的家里,那是真正意义上的家,意味着生活的稳定和物质的富足。后来,莉莉家破产了,父亲去世后,母亲带着她投亲靠友,颠沛流离,直至她母亲去世,姑妈佩尼斯顿太太收留了她。莉莉寄人篱下,自然也享受不到家庭的快乐。在对她不利的流言蜚语在上流社会传播时,她受邀和道塞特夫妇坐游艇去欧洲度假,而她回来后连姑姑家也无法住了,只好搬到私人小旅馆里。连旅馆的费用也无力承担时,她最后搬到了一间"墙壁斑污、寒碜窄小"①的寄宿公寓。从自己家到最后住的寄居公寓,莉莉的境况可谓越来越差,她最后的惨死自然也在所难免。

莉莉死于她所置身的社会,死于流言蜚语和刻意中伤,正如她对格

---

① 伊迪斯·华顿.欢乐之家[M].赵兴国、刘景堪,译.南京:译林出版社,1993:294.

蒂所说的:"你刚才问我事实真相,真相是,任何一位姑娘一旦被人们议论,她就身败名裂了;她越是解释,问题就越显得严重。"①正是那个社会秩序"未经审讯就谴责并放逐"②了她。如果莉莉不顾及自己内心的情感,只把找一个富有的丈夫作为婚姻的目的,她可以嫁给格赖斯,也可以嫁给罗斯戴尔,甚至可以嫁给同意离婚后娶她的道塞特。但她说服不了自己这么做。如果莉莉也跟别的女人一样,利用自己手中掌握的证据去报复中伤她的人,她同样可以摆脱被赶出上流社会的厄运。如果她不是受上流社会教养的束缚,更早听从自己内心的感受,接受塞尔登的爱慕,她同样不会落到孤苦伶仃的下场。对于莉莉和塞尔登的关系,华顿这么说道:"他们两人之间的关系只有靠一阵突然的感情爆发才能变得豁然明朗,而他们的全部教养和思想习惯却抵制这种爆发的机会。"③而塞尔登,直到最后发现莉莉居然要用她姑妈给她的钱来偿还特莱纳先生的债务时才知道那些关于莉莉的流言蜚语都不是事实。但是,为时已晚,莉莉已经不堪打击,因服用过量安眠药而香消玉殒了。

结　语

在《欢乐之家》中,通过莉莉的悲惨遭遇,作者伊迪丝·华顿无情地讽刺了她所熟知的纽约上流社会的生活。小说的题目出自《圣经·传

---

① 伊迪斯·华顿.欢乐之家[M].赵兴国、刘景堪,译.南京:译林出版社,1993:231.

② 同上,第308页。

③ 同上,第284页。

道书》:"智慧之心,在遭丧之家;愚昧的心,在欢乐之家。"很明显,华顿的"欢乐之家"指的是追求物质和金钱的纽约上流社会,而从莉莉的遭遇来看,这个"家"丝毫没有欢乐可言,有的只是冷酷、无情、虚伪、中伤和诽谤。莉莉的英文是百合花的意思。遗憾的是,这朵漂亮的百合花,就这样在被金钱和物质所主宰的社会里凋零了。

3

人何以成畸人？

——《小城畸人》赏析

舍伍德·安德森（Sherwood Anderson，1876—1941）是美国著名的现代主义小说家，被誉为"现代美国文学的先驱者之一"。① 很多美国著名作家都曾受到安德森的影响，包括诺贝尔文学奖获得者海明威、福克纳和斯坦贝克等。他最有名的作品便是出版于1919年的经典故事集《小城畸人》（Winesburg，Ohio）。书一出版即广受赞誉，确立了他天才作家的地位。而他之所以被视为现代美国文学的先驱者之一，主要也是由于这部"植根于美国土壤的作品"。②

安德森于1876年出生于俄亥俄州。由于他父亲经营的小生意失败，安德森中学没毕业就辍学了，后到芝加哥谋生。几年以后，他有了自己的事业，成了成功的商人。但是，繁复的工作、资金的困扰，还有经营中出现的种种状况使他陷入了一种精神困境。他终于不堪重负，精神崩溃。这场危机成了安德森人生的转折点。本就热爱文学的他开始了文学创作。1914年，安德森的第一部小说《温迪·麦克弗孙的儿子》（Windy McPherson's Son）出版。之后，他每隔两三年便有新的作品问世。除了小说，安德森的作品还包括自传、文集和诗集等。

---

① 吴岩.译者后记［M］//舍伍德·安德森.小城畸人.吴岩，译.上海：上海译文出版社，1983：196.

② 同上，第196页。

人何以成畸人？

　　《小城畸人》是安德森最具影响力的作品。在这本书中，安德森向读者讲述了他所称之为"畸人"的扭曲心态和心理困境。这些人全都居住在俄亥俄州的温士堡这个小镇里，但都是生活中的失败者。他们或是丧失了某些能力，或是无法面对现实，或是因某种原因而噤声失语，总之，都成了性格或行为颇为怪异的人，因此被安德森称为"畸人"。小说总共由 25 篇短篇故事组成，每个故事里的人物都是这个小镇的居民，他们互相认识，互为背景，由此构成了整部小说。

　　最核心的人物是年仅 18 岁的年轻人——乔治·威拉德，他是《温士堡鹰报》的记者。父亲汤姆开着一家根本不赚钱的旅馆，母亲伊丽莎白身体不好，赋闲在家。乔治天真、年轻、好奇心十足，而且敏感而富有同情心。对小镇居民来说，他是个完全值得大家信赖的人。大家都认为他属于小镇，是小镇的典型人物，且在个人层面代表了小镇的精神。于是，《小城畸人》中的所有故事，或直接，或间接，都跟乔治有关，他成了在很多故事中出场的人物。在《没有人知道》《一觉》和最后一篇故事《离开》中，他是当然的主人公。在《母亲》中，他是一家三口中的儿子。在《教师》中，他成了他的老师凯特·斯威夫特发泄欲望的对象。镇里不少人都无法或不愿意跟别人交流，唯独可以对乔治敞开心扉，把他当作倾诉内心秘密、愿望或憧憬的对象。这些人中有《手》中的飞翼比德尔鲍姆、《哲学家》中的帕雪瓦尔医生、《可敬的品德》中不跟任何人往来的电报员沃许·威廉、《寂寞》中的老头伊诺克·罗宾逊，还有《思想者》

中的赛思。在《酒醉》中,福斯特虽然并不特别喜欢乔治,但酒醉后还是选择让他陪自己一起待了三个小时。

通读整部小说,可以发现,除了乔治·威拉德,故事中描写的人物都是畸形人。这并非是说这些人身体残缺,或是长得奇形怪状,而是他们的精神都被扭曲,心理出了问题。通过讲述这些故事,安德森似乎给读者传递了这样的信息:在这些畸形人和世人之间,"似乎横亘着一道墙"①。他们也知道,自己的生活受到了这道墙的阻碍,无形中受到了影响。他们也曾挣扎过,希望能够穿越这道墙,甚至推倒这道墙,走到世人当中去,和别人一样过着正常的生活。但是,遗憾的是,他们虽有这种愿望,却找不到穿越这道墙的方法。于是,他们只能继续在这道墙后面生活。这种生活与世人格格不入,无异于与世隔绝。但是,安德森不无尖锐地指出,虽然所有人都活在这道墙后面,因此产生了很多误解、困惑和痛苦,但是,这道墙却是他们自己砌成的。大多数人都只得在这道墙后面,默默无闻、不受关注。他们被别人误解,或是无法与人沟通,感到既孤独又寂寞,渐渐丧失了与人交流的能力。虽然他们也曾有过欲望,有过抱负,有过梦想,但最终都幻灭了,成了精神上的"畸人"。对于这些"畸人",杨仁敬教授评论道:"他们原来是朴实纯真的平常人,被机械化的洪流冲得晕头转向,变成互不沟通的'畸人',出现了精神上的种种病态。"②通读小说,我们会发现,这些畸人性格古怪,难以沟通,他们的生活方式真是令人觉得不可思议。

① 舍伍德·安德森.小城畸人[M].吴岩,译.上海:上海译文出版社,1983:59.
② 杨仁敬.20世纪美国文学史[M].青岛:青岛出版社,2000:257.

主题之一:孤独和寂寞

孤独和寂寞是安德森讲述这些畸人故事时展现的最重要的主题。很多人物因为各种各样的原因,无法跟别人交流,或者只跟年轻的乔治·威拉德交流。他们只能生活在自己的想象世界里,内心是孤独而寂寞的。《手》中的飞翼比德尔鲍姆就是其中的一个。他本是个小学教师,因为用抚摸肩膀和摩弄头发等方式对学生表示爱抚,被认为是对学生有不正当的龌龊行为。家长们怒不可遏,把他痛打一顿,而后把他赶走。他只好隐姓埋名,在温士堡住了下来。从此,他觉得自己的双手是罪恶的双手,经常把手藏在衣袋里或身后。他虽然在温士堡住了 20 年,却总"认为自己无论如何都不是这小城生活的一部分"①。在温士堡,他只有乔治·威拉德一个朋友。也只有和乔治在一起,他才敢走上大街,才敢在自己家的门廊里大步徜徉,也才敢让自己说话时挥舞双手。其他时候,他总是诚惶诚恐,独自散步,寂寞地生活。所以,他总是渴望着乔治的出现,因为他是自己唯一可以说话的人。

与飞翼比德尔鲍姆类似的人还有《哲学家》中的帕雪瓦尔医生、《可敬的品德》中的电报员沃许·威廉、《寂寞》中的伊诺克·罗宾逊等。他们似乎跟温士堡其他人都无法交流,只跟乔治·威拉德才算是朋友。关于自己不为人知的过去或者想法,他们只愿意告诉乔治。安德森在《小城畸人》中描述了一系列这样的人物,他们似乎是天生或者被迫噤

---

① 舍伍德·安德森.小城畸人[M].吴岩,译.上海:上海译文出版社,1983:4.

声的人。在《寂寞》中,安德森这么写道:"伊诺克也想讲话,可是他不知道怎样讲。他兴奋过分,说话就不连贯。他竭力说话时,结结巴巴,期期艾艾,自己听起来也觉得声音别扭而且刺耳。这就使他停止说话。他知道他要说什么,可是他也知道他绝对不可能把它说出口。[①]"伊诺克代表了小镇里的一类人。出于种种缘由,他们成了噤声失语的人,除了乔治·威拉德,他们没有别的交流对象,其孤独寂寞可想而知。

主题之二:虽生如死

安德森在《小城畸人》中展现的另一主题便是虽生如死的生活。这些人虽然还活着,但是,他们的生活如一潭死水,毫无生气,更遑论生活的目标和意义了。但是,这些人也并非一开始就陷入这样死水般的生活,很多人都曾或多或少有过生活的热情。对这种死水般的生活,他们也曾不满足,所以也挣扎过,希望重新燃起生活的热情。然而,遗憾的是,这股热情被生活压制住,只剩一堆再也燃不起火苗的灰烬。

在故事《母亲》中,母亲伊丽莎白就是这么一个人。她父亲在世时是威拉德旅馆的老板,而那时候还年轻的伊丽莎白曾经对生活充满热情。有好几年,她一心想当演员,经常打扮得花枝招展,跟住在旅馆里的客人一起在街上招摇过市,有一回甚至穿上男装骑着自行车在街上穿行而过,让全镇的人都震惊不已。她不喜欢小镇的生活,希望自己的生活有所变化,所以,她很想加入戏班子,然后跟着戏班子漫游世界,结

---

① 舍伍德·安德森.小城畸人[M].吴岩,译.上海:上海译文出版社,1983:128.

识新人,见识新事物。然而,当她跟住在她父亲旅馆里的戏班子成员谈起她的理想时,他们告诉她事实并非如她想象那样,戏班子的生活跟小镇的生活其实是一样乏味无聊的。

因为迷恋戏班子的生活,她也跟其中不止一人谈过恋爱,最终却都没有修成正果:"总是那一套,以接吻开始,在奇怪和狂野的激情之后,以平静和呜呜咽咽的懊悔结束。①"一场又一场的恋爱导致她的名声不太好。最后,她留在小镇,嫁给了汤姆·威拉德。汤姆原是她父亲旅馆里的伙计,伊丽莎白之所以嫁给他,是"因为他近在眼前,而且凑巧她打定主意要出嫁的时候他想要娶妻"②。作为伊丽莎白家旅馆里的伙计,汤姆其实对伊丽莎白轻佻放纵的行径并非一无所知,却还是决定娶她为妻。汤姆的目的不言而喻,因为伊丽莎白是旅馆的唯一继承人,这桩婚姻自然可以使他成为旅馆的新老板,给他带来一种新生活。确实,伊丽莎白的父亲去世后,虽然旅馆还登记在伊丽莎白名下,但汤姆理所当然地成了老板,旅馆也改名叫"威拉德新旅馆"。然而,遗憾的是,"他那么充满希望地在那里开始生活的旅馆,现在变得很不像样,只是勉勉强强算得上一家旅馆而已"。对于妻子,"他竭力要把他的妻子忘个干净。有这幽灵般的高个儿慢吞吞地穿过走廊,他觉得是自己的耻辱。他一想起她,就生气咒骂。旅馆无利可图,永远濒于绝境,他但愿自己能脱却干系。他把那陈旧的房子和跟他一起住在那里的女人,看作是失败和潦倒的事物"③。

一个被丈夫如此嫌弃的女人,自然不可能拥有丈夫的爱情。虽然

---

① 舍伍德·安德森.小城畸人[M].吴岩,译.上海:上海译文出版社,1983:21.
② 同上,第175页。
③ 同上,第15页。

只有 45 岁,伊丽莎白却形若槁骸,无精打采,"某种原因不明的疾病已经夺去了她体内的生命之火"。① 还有力气时,她避开客人做些力所能及的收拾床铺之类的活,而大部分时候都待在角落自己的房间里。她和丈夫完全没有交流,更不可能有爱意,有的只是仇恨。所以,当她听到丈夫对儿子乔治高谈阔论,教育他要如何干事业时,她把所有的恨意都转化成一个强烈的念头——"我要刺死他……他既然做出选择,要做罪恶的代言人,我就一定要杀死他。我杀掉了他,我心也碎了,我也就死了。这将是我们大家的一个解脱。"② 但是,憔悴得如同幽灵的伊丽莎白还未开始行动,力量就已经离她而去,她只能发出微弱的呜咽,在黑暗中颤抖不已。

和丈夫没有交流,没有感情,跟儿子乔治倒是"有一种深刻的、不可言喻的感情上的联系"。③ 对于儿子,她还是心怀期盼的,"她极想见到那快要被遗忘的、曾经是她的生命的一部分的东西,再现在孩子的身上"。④ 但是,在儿子面前,她既羞怯又缄默,母子俩在一起时,根本无话可说,"缄默使他们两人都感到尴尬"⑤。于是,为了打破尴尬,也为了结束这种尴尬,母亲总是说:"我想你最好出去和小青年们玩玩。你在室内待得太久了。"⑥儿子马上顺水推舟,说:"我想我还是去散散步吧。"⑦即使在他儿子明确告诉她想离开小镇到城市里去发展后,母子俩的分别也还是以这种对话收场。

---

① 舍伍德·安德森.小城畸人[M].吴岩,译.上海:上海译文出版社,1983:15.
② 同上,第 20 页。
③ 同上,第 18 页。
④ 同上,第 16 页。
⑤ 同上,第 17 页。
⑥ 同上,第 17 页。
⑦ 同上,第 18 页。

伊丽莎白的故事是整部小说中最能说明"虽生如死"主题的故事。伊丽莎白还活着,但如同一个活死人,身体形同鬼魂,没有一点活力。作为妻子,她受到丈夫的厌弃。作为母亲,她跟儿子根本无法交流,也无法表达她对儿子的爱。虽然她还是威拉德旅馆的拥有人,是这家旅馆的女主人,但她很怕被旅馆的客人看到,就像鬼魂怕见到活人一样。陈旧不堪、墙纸褪色、地毯破烂的威拉德新旅馆无疑就是伊丽莎白的坟墓。伊丽莎白是个精神畸形的人,她就这样过着"虽生如死"的生活,直至她死去。

主题之三:理想与现实的冲突

有的人像伊丽莎白一样过着虽生如死的生活,还有的人则生活在自己的想象世界里。《寂寞》中的伊诺克,本来已经娶妻生子,过着正常的家庭生活。但他却"感到公寓里的生活局促而窒息,对于他的妻子,甚至对于他的孩子们,他产生了一种厌恶之感"[1]。于是,他在获得一笔遗产后用这笔钱安置了妻子和孩子,自己则在纽约租了一个房间,"和他的幻想中的人物共处,同他们玩耍,跟他们谈话,跟孩子一模一样的快乐"。[2] 伊诺克是个典型的无法在现实生活中获得幸福,却能在想象世界里获得快乐的人。在现实中,他成了无所适从的畸人。

安德森认为,人必须把现实世界和想象世界区分开来。人必须有梦想,但不能耽溺于梦想而不可自拔,还必须面对现实世界。《小城畸

---

① 舍伍德·安德森.小城畸人[M].吴岩,译.上海:上海译文出版社,1983:130.
② 同上,第131页。

人》中,好些人物就是不能把梦想和现实分开,他们抓住某一点且把它视为真理,再把这一真理当成自己所拥有的赖以生存的一切基础,这样才把自己逼入绝境,除了变成畸人外,别无出路。在全书的引子《畸人志》中,安德森如是说:"使人变成畸人的,便是真理。……一个人一旦为自己掌握一个真理,称之为他的真理,并且努力依此真理过他的生活时,他便变成畸人,他拥抱的真理便变成虚妄。"①

《曾经沧海》中的艾丽斯便是一个死抱住一个观念不放而最终使自己成为畸人的人。艾丽斯还是个年方二八的妙龄女郎时,她和一个当时在《温士堡鹰报》工作的年轻人内德·居礼有过交往。两人经常在一起散步。有一天,两人为情欲所驱,偷食了禁果。这让艾丽斯以为自己已经成了内德的妻子,虽然他们并没有结婚。遗憾的是,内德不满足于小镇的生活,就在那年秋天,他决定离开小镇前往城市,去闯出一片天地。艾丽斯提出跟他一块去,认为两人可以先不要结婚,去城市里找个工作,生活在一起即可。但内德表示反对,他承诺等他到城市里找到工作、站稳脚跟后就回来接艾丽斯。艾丽斯同意了。她一是认定自己已经是内德的妻子,二是相信内德会信守诺言,这便成了艾丽斯抓在手里不放的所谓的"真理"。

但是,内德食言了。第一年,他还经常给艾丽斯写信,等他在城里找到了工作,适应了那里的生活,交到了新的朋友,和别的女人在一起了,他很快就把艾丽斯忘到九霄云外去了。艾丽斯在小镇里忠诚地等着内德回来接他。日复一日,月复一月,年复一年,希望总是成为泡影。虽然也有别人属意于她,她"却觉得她永远不能嫁给别的男子了"。②

① 舍伍德·安德森.小城畸人[M].吴岩,译.上海:上海译文出版社,1983:3.
② 同上,第 80 页。

对于一辈子生活在小镇里的艾丽斯来说,"妇女独立自主,或予或取,都是为了人生中她自己的目的"[①],这一女性主义的新思想于她是不可理解的。她只是固执地认为:"我是他的妻子,不论他回来与否,我始终是他的妻子。[②]"这一执着的信念终于把她变成畸人。

对于在小镇里一家绸布庄工作的艾丽斯来说,工作成了她唯一的寄托,没事时就把店里的货品反反复复地整理。除此之外,她还有一些怪异的行为。在夜里,她跪在地板上祈祷,但祷告的话语不是祈求自己得到解脱,而是在说要说给情人听的情话。她还变得喜欢没有生命的东西,不让别人动她屋里的家具。一开始,她悄悄地攒钱,为的是去城里找内德。可在她意识到这一计划行不通之后,她并没有停止攒钱。为了攒钱,她甚至连需要买衣服时也不买。下雨天,她便把银行存折拿出来,摊在面前,对着存折胡思乱想上好几个小时,竟然梦想依靠存款利息就能维持她和未来丈夫的生活。

一年又一年过去了,艾丽斯从一个 16 岁的少女变成了年已 27 岁的妇人。模样俊俏的艾丽斯早已无踪无影,现在的"艾丽斯是颀长而稍呈纤弱的。她的头硕大,罩过了她的身体。她的肩膀有点儿佝偻,她的头发和眼睛是褐色的。她很文静,但在她的平静的外表之下,内心始终在不断骚动"[③]。也就是这股"骚动"让艾丽斯多少明白了她执着于自己紧紧抓住的"真理"是不现实的。她也意识到:"我正在变得又老又古怪。假使内德回来了,他也不会要我了。[④]"终于,她下决心改变自己的

---

① 舍伍德·安德森.小城畸人[M].吴岩,译.上海:上海译文出版社,1983:80.
② 同上,第 80 页。
③ 同上,第 78 页。
④ 同上,第 82 页。

第三章 / 人何以成畸人?

049

生活,摆脱自己孤独寂寞的状态。于是,她参加了教会的活动,借此认识了一个药房职员,还允许他送她回家。但是,艾丽斯的挣扎最终还是功亏一篑,她觉得自己不需要男人,只是要被人爱。在一个寂寞的雨夜,艾丽斯做出了更为怪异的举动,她赤身裸体地跑到街上,"她要跳跃,奔跑,叫喊,寻找别的寂寞的人,拥抱他"①。遗憾的是,她只碰到一个又老又聋的男人,根本没有听到她的叫喊。绝望万分的艾丽斯回到家里,"强迫自己勇敢地面对这一事实,许多人必须孤寂地生和死,即使在温士堡,也是一样的"②。可以预见,艾丽斯也将在温士堡孤寂到老,最终离世。

主题之四:怀旧之情

20 世纪初,美国社会发生了翻天覆地的变化,用安德森的话说,就是:

其实是发生了一场革命。工业主义的到来,随之而起的种种事件的一切喧哗和吵嚷,由海外来到我们中间的无数新声音的尖锐叫喊,火车的来来往往,城市的兴起,穿越城镇、经过农舍的城际铁路线的铺设,以及近年来汽车的发明,都在中部美洲我们的人民的生活与思想习惯上,引起了巨大的变化。……今天站在乡村店铺里火炉旁的农民,脑子里塞满别人的字句,都快溢出来了。新闻纸和杂志替他打足了气。好多从前的粗野无知(其中也含有一种

① 舍伍德·安德森.小城畸人[M].吴岩,译.上海:上海译文出版社,1983:84.
② 同上,第 85 页。

美丽而孩子气的天真烂漫），现在永远消失了。①

可见，安德森对正在消失的农业社会是有一种怀旧心情的，虽然他同时也拥抱工业社会的到来给人们生活带来的变化，如在《虔诚》中，我们看到了农场主杰西买了很多新机器，节省了很多人力。艾丽斯的妈妈在她丈夫去世后，用得到的抚恤金购买了一台纺织机，成了一名地毯织工。但安德森的作品一方面反映了人们在农业社会向工业社会转变时期的心态，另一方面，又多少表现出对农业社会的逝去怀有的一种怀旧心情。刘岩说："作为作家的安德森，当他住在芝加哥的公寓里，对于工业未发达时乡村中的淳朴自在的日子，是不胜向往和怀念的。②"安德森的这种情感，读者从他在《小城畸人》一书中时不时出现的对乡村风光和田园景色的描写即可看得出来。所以，田园风光成了小说展现的又一主题。

在《虔诚》中，通过孩子大卫的所见所闻，一幅乡村农场生动的生活画面呈现在读者面前："长工们此刻都集合在禾场上做早晨的杂务，他从房间的窗口不能清楚地望到禾场，但他可以听到人声和马嘶声。……他把身子探出打开的窗子，他望到一个果树园里，一只肥母猪正在那儿闲逛，后边跟了一窝小猪。③"大卫跟着外祖父去巡视田地时，所见皆是乡村风光："一只兔子跳起来，又溜到树林里去了，他欢喜得拍手跳跃。他望望高大的树林，但恨自己不是一只爬上高空也用不着恐慌的小动物。他俯下身来，拾起一块小石子，掷出去，石子越过他外祖父的

---

① 舍伍德·安德森.小城畸人[M].吴岩，译.上海：上海译文出版社，1983：42.
② 同上，第198页。
③ 同上，第52页。

头,落入一簇灌木丛里。^①"即使在描写汤姆·福斯特喝醉的故事《酒醉》里,安德森也让福斯特在一种颇有点浪漫意味的环境里喝醉:"汤姆坐在城北一英里处大路旁青草新生的河岸上,喝醉了。他的前面是条白色的大路,他的背后是个花朵盛开的苹果园。他从瓶中喝一口酒,随即在草地上躺下。^②"

在《曾经沧海》这个阴郁的故事中,安德森却描述了小镇怡人的景色:"温士堡周围的乡村景色宜人。小城位于空旷的田野之中,田野外是一块块赏心悦目的森林地。在这种树木森然的地方,有许许多多的隐僻的角落,那是情侣们坐在那里度过星期日下午的安静之地。他们穿过树木望出去,越过田野,看得见农夫们在谷仓附近工作,或是人们驱车在大路上往来驰行。^③"在《思想者》中,安德森描述了理契蒙家的屋子:"理契蒙家的屋子是用石灰石筑成的,虽然村子里说它已经衰败了,其实却愈是年深月久,愈显得美丽。岁月已开始稍稍点染了石头,石头表面有了一层浓浓的金黄色,在黄昏或是阴天,屋檐下阴暗的地方,透出一块块明灭浮动的棕色和黑色。^④"一座在别人眼里已经衰败的旧石屋,在安德森笔下却成了有岁月积淀的美丽的屋子。这些描写无不透露出安德森对农业社会的某种眷恋和怀念。在小说最后,也就是最后一篇《离开》中,即将离开小镇的乔治·威拉德,在出发的清晨早早地离开家里,最后一次到他幼年和少年时期经常去的特鲁霓虹峰去散步,算是最后的告别。这是乔治的举动,也是安德森为农业社会过渡

---

① 舍伍德·安德森.小城畸人[M].吴岩,译.上海:上海译文出版社,1983:53.
② 同上,第163页。
③ 同上,第81-82页。
④ 同上,第92页。

到工业社会举行的一种告别仪式。

结　语

　　工业社会的发展和物质主义的流行使美国社会原有的价值观念受到冲击,人与人之间的关系日渐疏离,不论是家庭成员之间,还是恋人之间,抑或是朋友之间,皆是如此。人与人之间无法沟通,无法交流,误解增多,一道无形的墙隔开了人们和周围的世界,导致人们心灵扭曲,成了畸人。需要指出的是,安德森描写的虽然是一个小镇,但是这是美国中西部小镇的缩影。小镇镇民的困惑和挣扎也是人类共同的生存体验,温士堡因此成了人类社会的一个象征。安德森在《小城畸人》中写道:"近五十年来,我们人民的生活起了极大的变化。其实是发生了一场革命。"①丽塔·巴纳德(Rita Barnard)说:"安德森所称之为的现代性的'革命',不单是城市里老于世故的人的体验:它无情地延伸到了整个国家,虽然不很平衡——甚至到了乡村的店铺和还在围着柴炉聊天的乡民的头脑里。"②其实,即使在今天,这些畸人身上也反映了现代人的特点,正如童明所说:"我们可以确信,这些'畸形'的人物跟我们所爱的人、我们的朋友、我们的邻居,甚至是跟我们隐秘的自我,都有类似之处……在每个人物的心理风暴中,我们都能找到我们自己。"③

　　①　舍伍德·安德森.小城畸人[M].吴岩,译.上海:上海译文出版社,1983:42.

　　②　Rita Barnard. Modern American Fiction[M]//Ed. Walter Kalaidjian. The Cambridge Companion to American Modernism. Cambridge:Cambridge University Press,2005:40.

　　③　童明.美国文学史[M].北京:外语教学与研究出版社,2008:211.

4

20 世纪 20 年代美国的 "乡村病毒"

——《大街》赏析

美国是诺贝尔文学奖的获奖大国。迄今为止,获得诺贝尔文学奖的作家共计 11 位,而首摘诺奖的就是辛克莱·刘易斯(Sinclair Lewis,1885—1951),时间是 1930 年。20 世纪 20 年代是刘易斯创作的高峰期,他有影响的作品都出现在这个时期,包括《大街》(*Main Street*,1920)、《巴比特》(*Babbitt*,1922)、《阿罗史密斯》(*Arrowsmith*,1925)、《埃尔默·甘特利》(*Elmer Gantry*,1927)和《多兹沃斯》(*Dodsworth*,1929)。其中,《大街》是他的成名作,也是他最有名的作品。

刘易斯于 1885 年出生在美国明尼苏达州的索克森特,父亲是一个小镇医生。刘易斯从小性格孤僻,不太合群,常受到同龄人的嘲笑。1903 年,刘易斯进入耶鲁大学。因为性格原因,他依旧没什么朋友,比较孤独寂寞。但一些老师发现了他的文学天分,对他不错。他发现写作是个可以得到别人认可和尊重的途径,于是开始了诗歌创作,并在学校的文学杂志上发表诗歌和小品文。1912 年,刘易斯用化名发表了第一部小说《远足与飞机》(*Hike and the Aeroplane*),从此步入美国文坛,之后又出版了好几部作品。但是,直到 1920 年《大街》的出版才使他在美国文坛崭露头角。

《大街》及其社会背景

　　《大街》是辛克莱·刘易斯的最杰出的作品。这部作品之所以一炮而红,跟美国20世纪20年代的历史背景有直接的关系。第一次世界大战后,美国社会进入一个新时期。战前,美国人相信,参加第一次世界大战是为了结束所有的战争,是为了一个更好的世界而战。然而,战争使年轻人的理想彻底破灭。他们原本认为是光荣而英勇的战争其实根本无荣耀可言,只是残酷和苦难。从欧洲战场回到美国,军人们不但没有看到更好的世界,反而发现自己与战后的美国社会格格不入。美国社会进入"爵士时代",这个时代的特点是"无忧无虑的繁荣、远离世界问题、令人目眩的社会变化和狂热地追求享乐"[①]。于是,美国社会物质主义和享乐主义大行其道,用丹尼尔·贝尔(Danial Bell)的话说,就是"一个消费社会出现了,强调的是花钱和物质占有,而这削弱了强调节俭、朴素、自制和拒绝冲动的传统价值体系"[②]。人们热衷于花钱而不是省钱,热衷于物质享受而不是忽视娱乐活动。赚钱和花钱成了大家信奉的宗旨,全社会的人都成了拜金主义者。金钱万能和物质主义使美国社会出现了一个精神荒原,文坛上则出现了迷惘的一代作家。我们所熟悉的海明威、菲茨杰拉德等都是迷惘的一代作家的代表人物。

---

　　① Elizabeth B. Booz. A Brief Introduction to Modern American Literature[M].
上海:上海外语教育出版社,1982:1.

　　② Michael Spindler. American Literature and Social Change[M]. London:The
Macmillan Press Ltd.,1983:108.

他们离开美国,去往巴黎,试图在这个世界文化中心寻找能够指引他们生活的思想和文化。但是,也有一批作家并未离开美国,他们留在美国,置身处于精神荒原中的美国社会,目睹美国中产阶级一味追求物质主义和个人享受的所作所为以及对世界问题和社会变化不闻不问的社会现实,用自己手中的笔,记录下美国中产阶级的生活状态。刘易斯便是这些作家中的一个。

1920 年,描写美国小镇中产阶级生活的小说《大街》问世,迅速风靡全国,成了"20 世纪美国出版界最轰动的事件"[①],出版仅 6 个月就售出 18 万册,一时好评如潮,被美国著名作家菲茨杰拉德称为"美国最好的小说"[②]。英国作家毛姆给刘易斯写信,盛赞《大街》说:"我无法想象,居然有人尝试去无情地描述某一类型的人和某一阶层的人,客观现实又是如此冷漠和毫不留情,你所写的给人以一种奇特的感觉。"[③]当然,对刘易斯的评价并非众口皆碑,负面的评论也有。美国著名作家海明威和德莱塞都对他不以为然。尽管对刘易斯的评价褒贬不一,但是,他成了美国第一位诺奖得主却是不争的事实。

刘易斯的文学成就主要体现在他的代表作《大街》和《巴比特》中。他对美国乡村小镇和小城市里中产阶级生活的生动描述和无情讽刺,为读者呈现了美国中西部广大地区中产阶级真实的生活场景。他的笔触生动,描写逼真,以至《大街》出版后,很多读者都认为刘易斯描述的小镇就是他们居住的小镇。《大街》和《巴比特》还为美国词典增加了好

[①]　Mark Schorer. Sinclair Lewis：An American Life[M]. New York：McGraw-Hill Book Company Inc.，1961：268.

[②]　同上,第 275 页。

[③]　同上,第 350 页。

几个词条。"大街"是小说名,但后来既可以用来指小镇的主要街道,也可以指小镇具有狭隘、保守思想的典型居民,还可以指以庸俗狭隘的实利主义为特征的地方。而巴比特本来也是小说名,后来就成了市侩或庸人的代名词。

《大街》让刘易斯一炮而红,继而夺得诺贝尔文学奖的桂冠。《大街》讲述了一个受过高等教育的女性——女主人公卡萝尔的故事。她是个美丽活泼而又充满罗曼蒂克情调的城市姑娘。她嫁给了小镇医生肯尼科特,然后跟着丈夫一起住在中西部的一个小镇——戈弗草原镇,也就是戈镇。戈镇的生活令她大失所望,她试图通过自己的努力来改变这种状况。遗憾的是,她不但没有成功,反倒被同化了。貌似一个简单的故事,却引起了读者强烈的共鸣。究其原因,就是这一故事具有普遍性。在小说的开头,刘易斯写下了这样一段文字:"我们故事里讲到的这个小镇,名叫'明尼苏达州戈弗草原镇',但它的大街却是各地大街的延长。在俄亥俄州或蒙大拿州,在堪萨斯州或肯塔基州或伊利诺伊州,恐怕都会碰上同样的故事,就是在纽约州或是卡罗莱纳山区,说不定也会听到跟它的内容大同小异的故事。"[①]

对无数的读者来说,《大街》描述的美国小镇中产阶级的生活是很多美国人都体验过的,这种生活单调而无聊,可美国小镇的居民却一点也没有意识到。在美国人眼里,小镇非常繁荣昌盛,是"民主最纯洁、百姓最友善、幸福最美满、自由最牢靠的根据地"。[②] 刘易斯的小说《大街》正是对这种生活真实的描写和无情的抨击,彻底打破了小镇是乐土

---

① 辛克莱·刘易斯.大街[M].潘庆舲,译.武汉:长江文艺出版社,2008:1.

② Sinclair Norman Grabstein.辛克莱·刘易斯[M].张禹九,译.沈阳:春风文艺出版社,1994:52.

的美好神话。

戈镇的狭小丑陋与镇民的偏狭固执

卡萝尔是个受过高等教育的城市女性,大学毕业后在城里的图书馆工作。但她一直有个天真的梦想,想去改变一个地方,让那个地方变得更加漂亮,更加完美。认识了小镇医生肯尼科特后,肯尼科特向她描述了一番自己家乡的景象。那里风景优美,"有许许多多美丽的枫树和北美复叶枫林,还有两个美极了的大湖![1]"戈镇居民热情友好,虽然戈镇还有些不尽人意的地方,但是这正好可以让她去那里大显身手,把小镇改造得更好,实现她的梦想。正是受这一"伟业"的吸引,卡萝尔在对肯尼科特不太了解的情况下毅然接受了他的求婚,义无反顾地辞去城里图书馆的工作,跟着他来到他的家乡——明尼苏达州的戈弗草原镇。卡萝尔跟着新婚丈夫坐着火车来到戈镇,沿途所见让她对丈夫的描述产生了怀疑,以致觉得坐在身边的丈夫也如同一个陌生人。然而,这还只是开始,接下来的所见所闻更是令她大跌眼镜。

到达戈镇以后,卡萝尔才意识到这个位于美国中西部的小镇到底有多小,小到她只用 32 分钟就把戈镇从东到西、从南到北走了个遍。这不禁令卡萝尔大失所望。在卡萝尔这样的外来者眼里,戈镇最引人注目之处便是它的狭小与丑陋。这样的弹丸之地,自然引不起卡萝尔的兴趣。事实上,小镇只是一群散落于一条大街周围的房屋。更令卡

---

① 辛克莱·刘易斯.大街[M].潘庆舲,译.武汉:长江文艺出版社,2008:22.

萝尔瞠目结舌的是,戈镇不但小得可怜,而且难看得出奇。"大街两旁立着一些两层楼高的木头房子。两条混凝土人行道中间,是一大片一大片的烂泥地。大街上横七竖八地停放着一些'福特'牌汽车和运木材的火车。"①这里的房子千篇一律,所有房屋都是两层建筑,设计根本无美感可言。对卡萝尔来说,这些房屋只是"麻雀窝"②,而不是"笑语温馨的家园"③。一条丑陋的大街两边是两排人们无法想象的难看的店铺,有商店,有银行,有戏院,有邮局,但看上去全都脏乱不堪,毫无美感,根本吸引不了人们的目光。用评论家威帕(T.K. Whipple)的话来说,就是"镇里所有的建筑物中,任何一个房间、任何一幢建筑物及至整个村镇,都不是设计成适合人类生活的。一切都显示出对人类的漠不关心"。④ 可以想象,出生在城市的卡萝尔看到这个小镇,心里的落差会有多大。

不仅如此,戈镇这样丑陋的地方,居住着跟"他们的房子一样单调乏味,跟他们的农田一样平淡无奇"⑤的人们。刘易斯无情地抨击了这些单调乏味的人们的地方偏狭性。"小镇造就了小人。"⑥住在戈镇这样的小镇里,镇民们自命不凡、目光短浅、偏执顽固、小气吝啬、狭隘挑剔。在他们眼里,戈镇温馨美好,就像天堂一样。他们为自己的小镇感

① 辛克莱·刘易斯.大街[M].潘庆舲,译.武汉:长江文艺出版社,2008:48.

② 同上,第 50 页。

③ 同上,第 51 页。

④ T.K. Whipple. Sinclair Lewis[M]//Ed. William Van O'Connor. Seven Modern American Novelists. Minneapolis:The University of Minnesota Press, 1967:82-83.

⑤ 辛克莱·刘易斯.大街[M].潘庆舲,译.武汉:长江文艺出版社,2008:38-39.

⑥ Sheldon Norman Grabstein. Sinclair Lewis[M]. New York:Twayne Publishers, Inc., 1962:65.

到无比自豪,认为它是全美国最美的小镇。借用小说中佩里夫人的话说就是:"难道你不觉得我们这个戈镇很美吗?有这么多的树木和草坪?这么多舒舒服服的房子,暖气、电灯、电话,还有混凝土人行道,其他一切的一切?连双城来的人,都说我们这里是个美丽的市镇呢!"①佩里夫人的话代表了全镇居民的心声。他们认为,小镇近乎完美,这里没有贫穷,有的是工作机会,根本用不着救济。正如萨姆·克拉克所说,在戈镇,"根本找不到像大城市里常有的贫困现象,这儿有的是就业机会,根本用不着救济,谁要是日子过得不太好,那肯定是因为他太偷懒,得过且过"。② 然而,卡萝尔却在镇里看到了困苦和绝望:

> 在一间顶上铺着焦油纸,用薄木板搭成的小房子里,她看见了洗衣婆斯坦霍夫太太正在灰蒙蒙的蒸汽里干活。她的儿子才六岁,正在屋外劈木柴。那个孩子身上穿着一件破破烂烂的外套,系着一条有如脱脂乳一般的蓝色围脖。他手上戴着一副红手套,皲裂了的指骨节从手套的破洞里露了出来。他不时搁下活儿,往指骨节上呵呵热气,无缘无故地哭叫起来。③

显然,孩子哭叫并非无缘无故,而是在冬日里还得干活,身上又没有穿足够保暖的衣服,被冻哭了。可见,戈镇并非像克拉克所说的没有贫穷,只是那些自认为小镇很完美的人对之视而不见罢了。

小镇居民还认为,戈镇有其辉煌的历史,还出过大人物。其实,大

---

① 辛克莱·刘易斯.大街[M].潘庆舲,译.武汉:长江文艺出版社,2008:199.
② 同上,第 166 页。
③ 同上,第 166 页。

人物不过是波士顿一个汽车公司的总经理。然而，人们热衷于谈论他，谈他的友善，谈他的慷慨，连他穿什么衣服、记得谁的名字等，戈镇的人都津津乐道。镇里的人都流行这么一种观点，戈镇不但有个荣耀、辉煌的过去，而且有个充满希望的光明未来。戈镇居民一致认为，他们的小镇已经完美无缺，根本不需要改变。

在刘易斯的笔下，戈镇居民沾沾自喜的心态被刻画得淋漓尽致。他们麻木地沉溺于这种沾沾自喜的心态中，否定任何想改变这种心态的想法和做法，对任何试图改变这种心态的人给予一致的谴责和批评。戈镇居民心胸狭窄，偏狭固执。他们沉溺于现有生活当中，任何新观念和新想法都会遭到他们众口一词的批评和反对。拓荒者佩里夫妇就是这样因循守旧的镇民的代表人物。他们觉得他们"根本不需要所有这些时新的什么科学玩意儿"①。

在戈镇，狭隘和偏执形成一股强大的习惯势力。镇民们对现有的生活很满意，成天关心的无非就是工作、家庭、购买自由债券，等等，任何超出此范围的活动都被指责为标新立异而遭到批评乃至禁止。他们对任何政治事件都漠不关心，例如劳工问题，他们把这视为麻烦，对此不闻不问，只有被问到时才会谈谈他们的看法，但他们从来没有自己的见解，只是重复别人说过的观点，而所有人的观点都如出一辙，毫无差异，连第一次世界大战这样的大事也引不起他们的兴趣，认为这和他们没有一点关系。肯尼科特的话代表了戈镇所有人的观点："哦，是的，那是老八辈子的一场大打出手的吵架，跟咱们毫不相干。这里的乡亲们正忙着种玉米，顾不了那些外国佬挑起的愚蠢战争。"②

---

① 辛克莱·刘易斯.大街[M].潘庆舲,译.武汉:长江文艺出版社,2008:223.
② 同上,第354页。

镇里的人们在知识方面更是愚昧无知,但他们都对"愚昧无知引以为荣。凡是'有智力'或是'有艺术素养',或是按照他们所说的'自炫博学'的人,反而被视为自命不凡、道德有问题的人"①。所以,他们绝不会试图用多学知识和接受新事物来弥补这一弱点,而是对自己的无知感到无比自豪,并心安理得地沉溺于无知的状态中。他们遵循陈旧的信条,认为这些信条完美无缺,不能被摒弃,也没有必要被摒弃。他们坚决反对可能打破这些信条的观念,对这些信条以外的新思想、新观念持鄙视、漠然的态度。

卡萝尔从城市来到小镇,发现她的每一个行为,不论对与错、好与坏,都遭到镇民的批评。她说"亚美利加"不是按当地口音发成"亚木立加",被指责为"炫耀"。她举办生动、奢华的晚会,同样遭到镇民的谴责。甚至她的个人私事也避免不了他们挑剔眼光的评判。她的房间装修后被说成是奇形怪状,穿着打扮也被指责为过分高档。在戈镇人的眼里,卡萝尔就是个"东跑西走,到处转悠,净出洋相……自高自大,总以为人家远远不如她"②的人。她的一切,包括她的行为举止,她的长相,她的衣着穿戴,等等,无一逃过他们的议论。毫无疑问,她想把小镇改变成绿树成荫、屋舍美观、大街古雅的天真理想同样遇到了极大的阻力,最后惨遭失败。

通过卡萝尔的遭遇,刘易斯辛辣地讽刺了戈镇镇民沾沾自喜和偏执的心态。沾沾自喜让他们觉得自己现有的生活方式很安全;目光短浅使他们无视其他地方的新思想和新观念;偏执顽固使他们敌视外来者,除非他们心甘情愿跟他们妥协。在这样周遭都是目光短浅、思想狭

---

① 辛克莱·刘易斯.大街[M].潘庆舲,译.武汉:长江文艺出版社,2008:390.
② 同上,第153页。

隘的人的氛围里,卡萝尔注定要被逼入死角、一事无成。因此,卡萝尔在耐心殆尽的时候离开戈镇,无疑是明智之举。通过卡萝尔在戈镇的遭遇,刘易斯对美国小镇生活进行了辛辣无情的抨击,而这在美国文坛实属首创。

戈镇镇民精神生活的贫乏

无聊的居民住在乏味的小镇里,所以,小镇生活注定是单调无聊的。辛克莱·刘易斯通过卡萝尔对镇民做出如下批评:

> 小镇周围的一切事物,都是呆板划一,缺乏灵感的,人们举止言谈,无不呆滞迟钝,而且,为了得到别人的尊敬,精神上就得受到严格节制。这是一种满足的情绪……就是弥留之际的死者蔑视自强不息的生者的那种满足的情绪。他们把这种消极态度推崇为唯一美德。这里禁止人们享乐,要人们心甘情愿受奴役,就像笃信上帝一般崇拜这种死气沉沉的生活。①

小镇的一切都一成不变,乏味透顶。去逛街就意味着去同样的几间商店,见到同样的人,甚至连互相打的招呼都是一模一样的。对周边环境越熟悉,单调乏味感越强。镇里的男人关心的无非就是挣钱和打猎,女人们关心的则是持家和打桥牌。在这种情况下,他们的精神世界

---

① 辛克莱·刘易斯.大街[M].潘庆舲,译.武汉:长江文艺出版社,2008:388-389.

一片荒芜一点也不奇怪,正如威帕所说,刘易斯笔下的世界就"是个社会荒漠,是人类的荒漠,而且还是个社会真空,因为它的每一个成员从个人意义上来说都是一种虚无"①。这里的小镇居民表面上过着社会生活,可这种生活毫无实质、空洞无物。他们谈的全是毫无意义的话题。男人总是谈生意、天气和汽车,女人则不断念叨持家、别人的放荡行为这类话题以及卖弄自己跟丈夫的打情骂俏,等等。插科打诨、背后中伤、闲言碎语、乱嚼舌根都成了她们的专长。

这种单调乏味的生活就这么周而复始地过下去,毫无变化,毫无新意。因此,他们的精神生活也打上了无聊的烙印。他们也时不时地组织晚会,但这些晚会就像是委员会的例会一样无聊。对他们来说,一场成功的晚会就是在同样的时间邀请同样的人表演同样的节目,每次晚会吃的点心是一样的,谈的话题是一样的,开始和结束的时间也是固定的。戴夫·戴尔表演抓母鸡的游戏每次都少不了,斯托博迪小姐则一次又一次地受到邀请朗诵诗歌《我昔日的情人》。卡萝尔主办的晚会上,组织大家玩狼捉羊的游戏,还有穿着古老东方戏装的中国管弦乐队的演奏,这确实是新颖而生动的晚会。大家虽然当时玩得也很高兴,但事后便指责卡萝尔太过铺张浪费,且爱表现爱炫耀。卡萝尔的努力根本无法改变小镇晚会的模式,晚会很快又回到原先的老样子。

在戈镇,社会团体的活动也很单调乏味。有个团体叫"芳华俱乐部",它被说成是"戈镇这幢高楼大厦上的一道彩绘飞檐……谁要是加入了这个俱乐部,谁也就跻身于戈镇上流社会了"。② 但它组织的活动

---

① T.K. Whipple. Sinclair Lewis[M]//Ed. William Van O'Connor. Seven Modern American Novelists. Minneapolis: The University of Minnesota Press, 1967:74.

② 辛克莱·刘易斯.大街[M].潘庆舲,译.武汉:长江文艺出版社,2008.

除了无聊的晚会就是打桥牌活动,每年再举办两次舞会,此外再也没有别的活动。还有一个团体叫"妇女读书会",自称"可以使你经常接触到当下普遍流行的各种思潮"①,实际上,活动内容只停留在介绍作者的生平上,而不是对作品本身的评论。有一次,纽约的文化讲习团到戈镇开展活动了,卡萝尔对之寄予厚望,以为"人们还可以学到精简后的大学课程"。遗憾的是,它"一点儿都没有大学的味道,只不过是由歌舞杂耍表演、基督教青年会讲座和朗诵班的结业典礼凑在一起的大杂烩"②。然而,"经过这次讲习活动之后,镇上的人都觉得自己很了不起,好像受过了高等教育一样"③。

在卡萝尔的倡导下,戈镇戏剧协会成立了,作为倡导者和组织者,卡萝尔被选为社长兼导演。她真诚地希望这个协会能够给戈镇的文化生活带来新鲜的养分。然而,不幸的是,作为社长和导演,卡萝尔根本无法决定上演哪出戏剧。她建议上演萧伯纳的戏剧,但无人支持,最后上演的却是只有她一人表示反对的戏剧。分配角色的时候,所有的成员都很自私,也很自负,争着当主角,当上的便马上以剧坛新星自居,没当上的便发泄自己的不满。为了让戏剧更加精彩,卡萝尔打算对剧本稍加删减,可除了卡萝尔和其他两个演员之外,"所有其他演员一见到删掉一行台词,就马上大发牢骚。卡萝尔这一着只好认输了"④。到了排练的时候,所有演员都自作主张,想怎么演就怎么演。作为导演的卡萝尔反而被认为是"发号施令,瞎指挥人⑤"。她导演不了任何人,演出

① 辛克莱·刘易斯.大街[M].潘庆舲,译.武汉:长江文艺出版社,2008:181.
② 同上,第 351 页。
③ 同上,第 353-354 页。
④ 同上,第 325 页。
⑤ 同上,第 327 页。

的结果可想而知。卡萝尔的努力以失败告终。颇具讽刺意味的是,戈镇的报纸《无畏周报》却几乎对每个蹩脚的演员都大肆吹捧一番,说"所有的演员在这个有名的纽约舞台剧里所扮饰的艰巨角色都有卓越表现",他们不是"扮相俊俏",便是"惟妙惟肖",不是"技艺精湛",便是表演得"入木三分"①。自然,这次表演是第一次也是最后一次,戈镇戏剧协会就此无疾而终。

戈镇的人就过着这样单调而乏味的生活,他们既偏执狭隘,又自私固执,可悲的是,他们一点都没有意识到自己所过的生活多么无聊。相反,他们认为他们的生活方式是世界上最好的,其他地方的人最好要效仿他们。他们过得很富足,物质上如此,精神上也一样,他们的生活已经近乎完美,根本没有必要再增添任何内容。通过对戈镇居民精神生活的描写,刘易斯对美国小镇居民的精神世界进行了无情的抨击。

乡村病毒的肆虐

居民单调无聊,生活乏味无趣,这种状态导致了某种传染病毒的滋生和繁衍。从外面世界来的人必须全盘接受戈镇,不管它有多难看。他们必须全盘接受戈镇居民的观点,不管他们原有的观点和戈镇居民的观点多么的不同,他们还必须成为戈镇居民的一员,按戈镇居民的方式行事,用戈镇居民说话的方式说话,不管这些居民的行事方式多么别扭,说话多么粗鲁,否则,就将遭到尖锐的批评。刘易斯把这种传染病

---

① 辛克莱·刘易斯.大街[M].潘庆舲,译.武汉:长江文艺出版社,2008:335.

毒称为"乡村病毒"。而狭小丑陋的戈镇、偏执顽固的镇民、沉闷无聊的生活恰恰就是"乡村病毒"滋生的温床。它能够使人们丧失原有的雄心抱负，最终心甘情愿地成为小镇居民的一员。

在小说《大街》中，好几个从别的地方来到戈镇工作和生活的人都被乡村病毒感染，终至病毒缠身，无法摆脱。小镇律师波洛克就是其中的一个。波洛克是个受过高等教育的人，法学院毕业后来到戈镇当律师。一开始，他还雄心勃勃，不甘被乡村病毒感染，于是，他尽量保留自己个人高雅的兴趣，如读勃朗宁的诗歌，去双城看戏剧。但是，渐渐地，他也被乡村病毒感染上了，他不再阅读诗歌，而是读廉价的小说杂志，双城去得也越来越少，除非有法律事务非去不可。他也曾决定离开戈镇，却发现自己再也无法接受新的东西，无法面对竞争和挑战，最终只能待在戈镇。刘易斯通过波洛克的嘴，道出了"乡村病毒"的危害："这种'乡村病毒'简直就跟书蛀虫一模一样，凡是有抱负的人，只要在乡下住的日子长了，个个都会被传染上的。您会发现这种病毒正在律师、医生、牧师以及受过大学教育的商人中间蔓延。他们这些人都是心明眼亮，见过世面的，可是到头来还得回到自己的水洼地。我就是一个最好不过的例子。[①]"可以预见，这个从别的地方来到戈镇却变成"百分之百地属于戈镇[②]"的波洛克将在此终老一生。

任何不甘愿受乡村病毒感染的人，一定会惨遭舆论攻击，大多别无选择，只能离开戈镇。伯恩斯塔姆是个在镇上打短工的人，他有独立思想，对镇里的传统习俗嗤之以鼻。因为他的言论和行为与镇里的居民格格不入，为此受到孤立和诟病，被他们称为异教徒和无政府主义者。

---

① 辛克莱·刘易斯.大街[M].潘庆舲，译.武汉：长江文艺出版社，2008：229.
② 同上，第 297 页。

后来,他娶了卡萝尔的女仆碧雅,并有了儿子奥拉夫。但小镇的人还是对他们嗤之以鼻。碧雅母子不幸生病以后,只有卡萝尔去看望他们,照顾他们。后来,碧雅母子去世,卡萝尔因为生病没法参加他们的葬礼,镇里居然没有一个人去为这对母子送葬,只有伯恩斯塔姆孤零零一个人。伯恩斯塔姆对小镇彻底失望,远走他乡。埃里克·瓦尔博格是个手艺不错的裁缝,由于和卡萝尔惺惺相惜,趣味相投,两人开始了一场精神恋爱。这在戈镇居民眼里当然是违反道德、大逆不道的。为此,瓦尔博格没有别的选择,只能割断情丝,离开戈镇。弗恩·马林斯是个年轻的中学教师,毕业于明尼苏达大学。她没有遵从小镇刻板落后的规矩,行为比较放荡不羁,最终被镇民认为是不道德、不检点的人,毫无疑问,她的结局就是被无情地赶出戈镇。还有一对牧师夫妇,因为太太不喜欢这个小镇,所以,对待来客的态度十分冷淡,于是,镇上谣言四起,不到一个月,这对夫妇就被撵走了。

主人公卡萝尔也是个来自城市、受过高等教育的女性。乍一来到戈镇,她同样接受不了这个保守偏狭的小镇。戈镇的狭小和丑陋、镇民的偏狭和固执、戈镇生活的乏味和无聊,等等,卡萝尔看得真真切切,无一遗漏。一开始,卡萝尔雄心勃勃,"立志要改变这个小镇——要唤醒它,激励它,'改造'它"。她觉得,"她要是逆来顺受的话,也许他们就会更快地把她一口吃掉。现在只有搏斗下去,不然就要被吃掉。彻底改变这个小镇的面貌,看来比迁就讨好它要更容易些!……她应当想方设法地让他们接受自己的观点"。① 也就是说,她曾经试图抵御乡村病毒的侵袭,于是,她想改变市政厅和图书馆,她想改变晚会的方式,活跃

---

① 辛克莱·刘易斯.大街[M].潘庆舲,译.武汉:长江文艺出版社,2008:162.

070

晚会的气氛,她还想通过组织戏剧社来丰富镇民们的精神生活,但是,她所有的努力都惨遭失败。在痛苦迷茫中,她和瓦尔博格谈起了精神恋爱,这更是为镇民所不容。卡萝尔最终意识到,"他们自鸣得意的这种沉闷乏味的生活是多么折磨人,就像伤口被蚂蚁噬咬着,或是被八月里的骄阳暴晒着一样"①。最后,卡萝尔走投无路,终于想到了逃离:"这都是大街给我造的孽。当初来这里的时候,有一颗炽热的心,向往崇高的理想,准备好好工作,可现在——反正我上哪儿去都成。②"她逃走了,一个人带着年幼的儿子到华盛顿去工作和生活。然而,可悲的是,两年的离家生活让她体会到城市生活的缺点和不足,她最终居然觉得戈镇也没有原来认为的那么差,在那里生活还是不错的,于是,她最终妥协了,跟着她的丈夫回到了戈镇,融入戈镇镇民的生活,成为被乡村病毒侵袭成功的又一个例子。

通过以上分析,我们知道,"乡村病毒"是刘易斯对当时美国小镇多种弊端的高度艺术概括。这种易被人们忽视的病毒像瘟疫一样,侵蚀人们的心灵,危害社会生活,阻挠社会改革和创新。在《大街》中,辛克莱·刘易斯以其敏锐的观察力和娴熟的艺术技巧对戈镇丑陋的外表、无聊的生活、思想的狭隘,尤其是可怕的"乡村病毒"进行了无情的讽刺和抨击。必须指出,刘易斯的抨击是带有普遍性的。戈镇只是整个国家的缩影。通过抨击戈镇,刘易斯也抨击了 20 世纪 20 年代美国所有的小镇。像卡萝尔这样的故事不仅会发生在戈镇,而且也会发生在许许多多类似的小镇。其实,"这是对整个美国及各地区普遍存在的生活

---

① 辛克莱·刘易斯.大街[M].潘庆舲,译.武汉:长江文艺出版社,2008:532.
② 同上,第 532 页。

方式所提起的诉状"。①

结　语

　　刘易斯出版于 20 世纪 20 年代的每部小说几乎都是对美国某个社会阶层的讽刺和抨击。《大街》抨击的是美国中西部的小镇生活,《巴比特》抨击的是美国小城市的商人阶层,《阿罗·史密斯》抨击的是医疗界的浮夸之风,《埃尔莫·甘特利》则是对宗教界的讽刺和抨击,《多斯沃思》同样是讽刺美国中产阶级生活的小说。20 世纪 30 年代以后,刘易斯虽然还在继续出版作品,但影响力逐渐减弱。不过,作为美国第一位获得诺贝尔文学奖的作家,刘易斯在美国文学和世界文学中的地位不可小觑。从小说主题来说,刘易斯堪称美国的社会批评家;从写作手法来说,他又是了不起的讽刺家。刘易斯以他独特的才华为美国文学乃至世界文学留下了一笔宝贵的财富,毫无疑问,称他为美国文学巨匠一点也不为过。

---

　　① Ima Honaker Herron. The Small Town in American Literature[M]. New York: Haskell House Publisher Ltd., 1971:382.

5

盖茨比何以了不起？
——《了不起的盖茨比》赏析

弗朗西斯·斯科特·菲茨杰拉德（Francis Scott Fitzgerald，1896—1940）是美国"爵士时代"的代表作家。他的成名作是 1920 年出版的《天堂的这一边》（*This Side of Paradise*）。但他最有名的作品是 1925 年出版的《了不起的盖茨比》（*The Great Gatsby*）。该书一出版立刻获得成功，连著名作家斯泰因、华顿和艾略特都对小说称赞有加。菲茨杰拉德的小说大多反映了"金钱对人类价值观的影响，而美国梦则变成美国梦魇"[1]，为此，他成了"'爵士时代'的一个标志"[2]，"很少现代美国作家能够超越他对美国文学所做的贡献"[3]。

菲茨杰拉德生于明尼苏达州圣保罗市一个中产阶级家庭。家族的传统氛围让菲茨杰拉德从小受到文学艺术的熏陶，上大学前就开始尝试小说和剧本的创作。进普林斯顿大学读书后，他写了不少文学作品，参加了各种文学艺术活动，创作的戏剧曾在全美巡演。1917 年，菲茨杰拉德应征入伍，服役期间爱上了法官的女儿泽尔达·塞尔，并和她订了婚。第一次世界大战结束后，菲茨杰拉德复员到了纽约，靠一份在广

---

[1] Coles Editorial Notes. The Great Gatsby［M］. Toronto：Coles Publishing Company，2003：4.

[2] 同上，第 2 页。

[3] 同上，第 4 页。

告公司写广告词的工作维持生计,收入甚微,生活贫困。泽尔达于是提出解除婚约。1920 年,菲茨杰拉德的成名作发表,从此步入美国文坛。菲茨杰拉德成名后,泽尔达改变了主意,两人喜结连理。婚后,他们生活阔绰,纵情享乐,终至入不敷出,生活陷入窘境。更不幸的是,泽尔达因精神崩溃被收治入院,无望痊愈。菲茨杰拉德则酗酒消沉,于 1940 年因心脏病猝发而去世。

"爵士时代"和小说题目的翻译

20 世纪 20 年代的美国社会俗称"爵士时代",时间是指第一次世界大战结束之后到美国经济大萧条暴发之前的十年。这个时代的特点是经济繁荣,社会变化令人目眩,人们无休无止地追求享乐。这是一个消费的时代,传统的价值体系被消解,节俭和自律被抛之脑后。花钱代替了存钱,物质主义流行,享乐主义至上,用菲茨杰拉德的话说就是:"这是一个奇迹的时代,一个艺术的时代,一个挥金如土的时代,也是一个充满嘲讽的时代。"①菲茨杰拉德便成了这个时代的代言人,他的小说《了不起的盖茨比》则成了这个时代的代表作。小说以美国 20 世纪 20 年代的纽约和长岛为背景,通过人物尼克的口吻,叙述了他在纽约西卵的邻居盖茨比的悲剧故事。《了不起的盖茨比》是菲茨杰拉德最出色的作品,它记录了一个时代的特点,在最好的 100 本英文小说的榜单中排名第二,奠定了菲茨杰拉德在美国文学史上的地位。

---

① 百度百科.[2019-03-18].https://baike.baidu.com/item/爵士时代/2074435?fr=aladdin.

小说的英文名是 *The Great Gatsby*。关于小说名,有直译的,也有意译的。直译的翻译为《了不起的盖茨比》,也有人翻译成《伟大的盖茨比》。从 great 一词的意思来说,翻译成"了不起"或者"伟大"都可以。但是,如果结合小说的内容来分析,它们就有了细微的差别。小说的主人公盖茨比原是美国中西部的一个农村小伙子,后来经过自己的努力,成了亿万富翁。但是,从小说中我们可以知道,他赚取钱财的方式是不合法的。而"伟大"一词除了具有"超出寻常"的意思外,还有品格崇高、令人景仰之意,所以,用"伟大"来形容盖茨比是不合适的,还是用"了不起"更为确切。还有人把小说名翻成"灯绿梦渺"。从意译角度来说,这也是个很好的译名。小说中,盖茨比因为梦想着赢回曾经的恋人黛西的爱,在纽约西卵买了座大房子,经常举办奢华盛大的晚会,为的就是吸引黛西的注意,因为黛西的房子就在他房子的对面,中间只隔着一片水域,而在黛西所在的地方有个码头,码头上常年有一盏绿色的灯。这盏绿色的灯代表的就是盖茨比的希望和梦想。所以,"灯绿梦渺"也非常符合小说的情节。

主题之一:美国梦

《了不起的盖茨比》的叙述视角比较独特,它既不是用第一人称叙述,也不是用第三人称叙述,而是用小说中的一个人物——尼克的口吻在叙述整个故事。尼克毕业于普林斯顿大学,他从中西部来到纽约,在曼哈顿的证券交易所工作,住在长岛西端,而他的邻居就是出身扑朔迷离的盖茨比。黛西则是尼克的远房表妹,曾经跟盖茨比有过一段浪漫的情事,后来嫁给了富有却粗俗的汤姆·布坎农。汤姆是个花花公子,跟修车工威尔逊的妻子茉特尔有染。一天,尼克、盖茨比、黛西和汤姆一块去纽约,盖茨比赢回黛西心切,当面要黛西在他和汤姆之间做出选择。心烦意乱的黛西在回来的路上驾着盖茨比的车撞死了冲上前来的茉特尔,并最终逃逸。汤姆出于报复心理,把茉特尔的死嫁祸于盖茨比,导致威尔逊枪杀了盖茨比,然后自杀。在盖茨比的葬礼上,除了尼克、盖茨比从乡下赶来的父亲和一个曾经在盖茨比的晚会上露过面的人外,再也没有别的送葬人。盖茨比家昔日的繁华和死后葬礼的冷清形成了鲜明的对比。美国梦的幻灭就此成了该小说最为人所知的主题。

所谓的美国梦,有广义和狭义之分,广义上是指美国人关于平等、自由和民主的梦想;狭义上是指一种相信只要在美国,经过不懈的努力就能获得更好生活的理想,也就是说,人们只要通过自己的勤奋和努力就能获得个人成功,不必依赖特定的社会阶级和他人的援助。在《了不起的盖茨比》中,美国梦已经降格为对金钱和享乐毫无节制、毫无道德底线的追求。原有的独立、自由和平等等崇高的目标都不见了。美国的乐观主义和个人主义都从属于对财富的追求。

小说的主人公盖茨比原是个穷苦人家出身的孩子,后来经过自己的努力在经济上获得了成功。为了赢回黛西的爱情,他在自己的家里举办奢华的晚会,晚会规模很大,参加的人众多,很多客人根本就不认识盖茨比,但都从各个地方蜂拥而至。每当举办晚会的时候,盖茨比的家里宾客盈门。其实,他之所以这么做,都是为了引起黛西的注意,希望有朝一日黛西也能去参加他家的晚会。小说中,盖茨比第一次出场时,作者就为读者描述了盖茨比对黛西的梦想:"他朝着幽暗的海水把两只胳膊伸了出去,那样子真古怪,并且尽管我离他很远,我可以发誓他正在发抖。我也情不自禁地朝海上望去——什么都看不出来,除了一盏绿灯,又小又远,也许是一座码头的尽头。"①我们知道,码头就是黛西家的码头,那盏绿色的灯无疑就代表了盖茨比赢回黛西爱情的希望。然而,盖茨比终究没有成功赢回黛西的爱情,反而为之付出了生命。他的美国梦就此破灭。

美国梦破灭的另一个人物是车行老板威尔逊。他开了一家车行,但生意却很不好。菲茨杰拉德这么描述威尔逊的车行:"车行里毫无兴旺的气象,空空如也。只看见一辆汽车,一部盖满灰尘、破旧不堪的福特车,蹲在阴暗的角落里。"②可以想象,即使威尔逊工作很努力,甚至连生病的时候也不关门,生怕错过好的买卖,要赚钱也不是易事。但他还是梦想能多赚点钱,让自己心爱的妻子茉特尔过上更好的生活。遗憾的是,他能忍受得了贫穷,能够把希望寄托在将来能过上好日子的梦想上,但茉特尔不能。于是,茉特尔和汤姆有了私情,因为汤姆能够提供给她物质上的享受。汤姆和茉特尔的情事被威尔逊知道以后,他觉得自己所有的付出和努力都白费了,他根本经受不起这种打击,所以想带着妻子到西部去。可是,就连这点希望也成了泡影,因为茉特尔被黛西撞倒后命归黄泉。盛怒之下,威尔逊在汤姆的挑唆下枪杀了无辜的盖茨比,自己也自杀身亡。威尔逊的美国梦同样破灭了。

同样的例子是威尔逊的妻子茉特尔。作为一个女性,她希望自己的丈夫能够富有,能让她过上幸福的生活。然而,威尔逊不但出身低

---

① 弗朗西斯·斯科特·菲茨杰拉德.了不起的盖茨比[M].巫宁坤,译.南京:译林出版社,1998:20-21.

② 同上,第22页。

贱,而且很穷,连结婚穿的衣服也是借来的。除了贫穷,威尔逊还是个乏味透顶的人,他木讷刻板,毫无生气。汤姆曾经说他是"蠢得要命,连自己活着都不知道"①的人。而茉特尔与他正好相反,她"有一种显而易见的活力,仿佛她浑身的神经都在不停地燃烧"②。这一对夫妻本来就很不一样,再加上威尔逊无法满足茉特尔的物质追求和虚荣心,茉特尔于是找了情人汤姆。茉特尔无疑是想通过汤姆来实现自己过上更好生活的梦想。知道威尔逊要带她离开纽约后,她心烦意乱。看到黛西的车,她误以为汤姆在那辆车上,便不顾一切地冲向汽车。结果被正好也心绪不宁的黛西撞上身亡。茉特尔想过上更好生活的梦想就此化为泡影。

小说的叙述者尼克是从美国中西部特意到纽约来学习证券生意的。与别的职业相比,证券生意自然是新兴的产业。但是,目睹了纽约的生活,特别是盖茨比的惨剧后,尼克对纽约失去了原有的信念,最终离开纽约,返回家乡。从某种意义上说,尼克追求美国梦的过程就此终止了。这无疑也可以说是尼克美国梦的破灭。

主题之二:爱情

爱情是《了不起的盖茨比》的又一主题。这里涉及了几对恋人之间的情感纠葛。首先是盖茨比和黛西。五年前,黛西和盖茨比曾经两情相悦,互相爱慕。那时的他们,一个是英俊潇洒的军官,一个是漂亮妩媚的法官千金。两人谈了一场浪漫无比、令人羡慕的恋爱。但是,由于盖茨比的部队开拔了,要到前线去参战,两人不得不分开。令盖茨比意想不到的是,黛西并没有从此关闭自己的心门,等待盖茨比的归来,而是投入了汤姆的怀抱。他们一个是法官的千金,一个是上流社会的富有公子,可谓门当户对。小说中有一段话确切地描述了汤姆富可敌国的钱财:"他家里非常有钱——还在大学时他那样任意花钱已经遭人非议,但现在他离开了芝加哥搬到东部来,搬家的那个排场可真要使人惊讶不已。比方说,他从森林湖运来整整一群打马球用的马匹。在我这一辈人中竟然还有人阔到能够干这种事,实在令人难以置信。"①在20世纪20年代的美国,年轻姑娘黛西不可能不受到物质主义和享乐主义的影响。盖茨比虽然英俊潇洒,但并不富有。汤姆出身上流社会,家境殷实,自然比盖茨比有更多的钱财供她享受和挥霍。最终黛西经受不住金钱的诱惑,背叛了盖茨比,嫁给了汤姆。

黛西抛弃了盖茨比,但盖茨比并没有放弃黛西。他认为黛西对自己的背叛完全是因为汤姆比他更有钱,于是,他千方百计地赚钱,期望自己有朝一日也成为富有之人,能与汤姆一争高下,然后再赢回黛西对自己的爱情。通过自己的努力,盖茨比确实成了富人。于是,他在长岛买了大房子,然后经常举办各种晚会,其目的是为了吸引黛西的注意,希望黛西有一天也会来他家里参加晚会,看到他现在的成功,然后回到他的身边。他错误地认为,只要黛西知道了她现在的财富,他就可以赢回黛西的爱情,回到五年前的过去,重新续上旧缘,从此和黛西过上幸

① 弗朗西斯·斯科特·菲茨杰拉德.了不起的盖茨比[M].巫宁坤,译.南京:译林出版社,1998:7.

福恩爱的生活。他不知道的是，事情是不可复制的。五年已经过去，就算他对黛西的爱情依旧，黛西也已经不是过去的黛西。在他要求黛西在他和汤姆之间二选一时，黛西根本没有像他希望的那样放弃汤姆而重新投入他的怀抱——虽然黛西知道汤姆对她并不忠诚，婚外有拈花惹草的行为。其实，尼克早就告诉盖茨比："你不能重温旧梦的。"可盖茨比不以为然，说："哪儿的话，我当然能够。"①正是盖茨比这一不切实际的梦想导致了他最后代人受过，被威尔逊枪杀身亡。

令人寒心的是，明明是黛西开车撞死了汤姆的情妇茉特尔，黛西却不敢承认，任由汤姆嫁祸于盖茨比，之后更是和汤姆逃之夭夭，离开纽约。她没有拍来电报，也没有送花，更没有参加盖茨比的葬礼。可怜盖茨比对她一片痴情，最终都付之东流。盖茨比的美国梦终于破灭了。在经济上，他确实获得了成功，成了亿万富翁。从这个角度来说，他似乎真的实现了美国梦。但是，盖茨比的美国梦不单是获得经济上的成功，而且还试图赢回黛西的爱情。而他这个方面的美国梦却彻底破灭了。

黛西和丈夫汤姆的关系也是值得探讨的一个问题。黛西先是爱上只是个部队军官的盖茨比，但是，汤姆的家世和富有征服了她的心，于是，她背叛了盖茨比，转而投入汤姆的怀抱，堂而皇之地成了布坎农夫人。然而，汤姆却是个花花公子。即使在婚后，汤姆一样风流韵事不断。实际上，他们从美国中部的芝加哥搬到东部的纽约，原因之一便是汤姆的风流韵事。遗憾的是，离开一个地方，并不能改变汤姆的本性。住在长岛，他又和车行老板威尔逊的妻子茉特尔有染。其实，黛西并非

---

① 弗朗西斯·斯科特·菲茨杰拉德.了不起的盖茨比[M].巫宁坤,译.南京:译林出版社,1998:95.

不知道他和茉特尔的事,只是对这么一个风流成性的丈夫,黛西也无可奈何。小说中,黛西曾经说过自己和丈夫的关系:在她生女儿的时候,作为丈夫的汤姆并未一直守候在她身边。小孩出生不到一个小时,汤姆已经不知去向,要么就是去玩乐了,要么就是去找情妇了。

汤姆虽然出身上流社会,但并非优雅有礼之士。小说中这么描述汤姆:"她的丈夫,除了擅长其他各种运动之外,曾经是纽黑文有史以来最伟大的橄榄球运动员之一——也可以说是个全国闻名的人物,这种人 21 岁就在有限范围内取得登峰造极的成就,从此以后一切都不免有走下坡路的味道了。"①现在,很多年过去了,汤姆离开了大学,成了黛西的丈夫,但他那种有钱人的傲慢无礼和盛气凌人的样子依然故我。他"身体健壮、头发稻草色,嘴边略带狠相,举止高傲。两只炯炯有神的傲慢的眼睛已经在他脸上占了支配地位,给人一种永远盛气凌人的印象……他的肩膀转动时,你可以看到一大块肌肉在他薄薄的上衣下面移动。这是一个力大无比的身躯,一个残忍的身躯"②。汤姆给人的印象是个四肢发达、头脑简单之人,根本不是什么温文尔雅的上流社会绅士。他的行为举止与绅士做派大相径庭:"他说话的声音,又粗又大的男高音,增添了他给人的性情暴戾的印象。他说起话来还带着一种长辈教训人的口吻,即使对他喜欢的人也一样,因此在纽黑文的时候对他恨之入骨的大有人在。"③但这么一个人还是成了黛西的丈夫。

可以想象,黛西和汤姆之间不可能有真正的爱情。他们的婚姻是

---

① 弗朗西斯·斯科特·菲茨杰拉德.了不起的盖茨比[M].巫宁坤,译.南京:译林出版社,1998:7.

② 同上,第 8 页。

③ 同上,第 8 页。

建立在金钱基础上的。汤姆自恃有钱,用钱收买女人的心。而他也断定黛西离不开他的钱财,所以有恃无恐,公然在外面和茉特尔搞起了婚外情。但是,黛西和汤姆在某种意义上却是一类人,也就是尼克所说的"粗心大意"的人:"汤姆和黛西,他们是粗心大意的人——他们砸碎了东西,毁灭了人,然后就退缩到自己的金钱或者麻木不仁或者不管什么使他们留在一起的东西之中,让别人去收拾他们的烂摊子……"①换句话说,他们就是自私自利、不负责任的人。

茉特尔和丈夫威尔逊是属于社会底层的人。威尔逊虽然开了家车行,但生意并不好。他虽然很爱自己的妻子,但茉特尔却一点也不领情。究其原因,就是因为威尔逊没有钱。嫁给威尔逊的时候,茉特尔曾经以为威尔逊是个男子汉,后来却发现威尔逊穷到连结婚时穿的一套西服也是借来的。茉特尔不明就里,直到婚后衣服的主人来要求还衣服才知道原委。认识了汤姆以后,茉特尔认为找到了个有钱的主,自此可以满足她享乐的需求和虚荣心。茉特尔去纽约跟汤姆约会时,路上看到小狗,说想买一只来养。汤姆很干脆地对茉特尔说:"给你钱。拿去再买十只狗。"②从这个细节可以看出,茉特尔跟汤姆在一起,在金钱上可以获得最大的满足。所以,威尔逊虽然很爱茉特尔,茉特尔却根本不爱威尔逊,而茉特尔和汤姆的关系则是完全建立在金钱之上的,根本无爱情可言。

---

① 弗朗西斯·斯科特·菲茨杰拉德.了不起的盖茨比[M].巫宁坤,译.南京:译林出版社,1998:154.

② 同上,第 25 页。

主题之三:金钱

金钱和财富是小说的又一主题。20世纪20年代,美国物质主义、享乐主义和拜金主义流行。不管是什么阶层,什么行业,人们似乎都在无止境地追求物质享受。于是,金钱和财富成了衡量一切的标杆,甚至连爱情都成了建立在金钱和财富基础之上的情感。

上流社会的人以原有的金钱为基础,过着纸醉金迷的生活。在《了不起的盖茨比》中,住在纽约东卵的就属于这个阶层的人。东卵是豪华住宅区,这里,"洁白的宫殿式的大厦沿着水边光彩夺目"[①]。属于上流社会的黛西和汤姆就住在这里。尼克从西部到了纽约工作后,受到黛西的邀请去她家做客,菲茨杰拉德借由尼克的眼睛给读者描述了他们所居住的豪宅:

> 他们的房子比我料想的还要豪华,一座鲜明悦目,红白二色的乔治王殖民时代式的大厦,面临着海湾。草坪从海滩起步,直奔大门,足足有四分之一英里,一路跨过日晷、砖径和火红的花园——最后跑到房子跟前,仿佛借助与奔跑的石头,爽性变成绿油油的常春藤,沿着墙往上爬。房子正面有一溜法国式的落地长窗,此刻在夕阳中金光闪闪,迎着午后的暖风敞开着。[②]

---

① 弗朗西斯·斯科特·菲茨杰拉德.了不起的盖茨比[M].巫宁坤,译.南京:译林出版社,1998:7.

② 同上,第8页。

与豪宅相配的,还有一座意大利式的凹型花园,花园里植了半英亩玫瑰花。在岸边,还有一艘汽艇。据汤姆说,这房子原来属于美国的石油大王。可以想象,这房子有多豪华,而这豪宅就是汤姆富有的象征。金钱是黛西和汤姆婚姻的基础,也是黛西之所以抛弃当时还是穷酸军官的盖茨比的原因,因为黛西就是一个连声音都满是金钱意味的拜金女。

盖茨比失去了黛西的爱情,而他也认为,正是因为他不如汤姆富有,所以黛西才选择了汤姆。于是,盖茨比百般努力,终于成了富翁,成了纽约的新贵。夏天的夜晚,他在自己的家里举办奢华的宴会。每当这种时候,他的花园里音乐缥缈,宾客盈门,欢歌笑语。为了接送宾客,他的劳斯莱斯成了"公共汽车",乐队是"配备齐全的整班人马"[①],而参加宴会的客人们则声色犬马,纵情享乐,以致"每星期一,八个仆人,包括一个临时园丁,整整苦干一天,用许多拖把、板刷、榔头、修枝剪来收拾前一晚的残局"[②]。可以想象,经常举办这样的宴会,没有钱是不可能做到的。

除了奢华的宴会,盖茨比的财富还通过他拥有的东西表现出来。他在西卵买下了一座大房子,以及一座大理石游泳池,外加四十多英亩的草坪和花园。在 20 世纪初,汽车也是财富的一个象征。盖茨比不仅有车,而且是豪华的劳斯莱斯。此外,他还有自己的私人游艇和水上飞机。在他带黛西和尼克参观他的房子时,被认为是"所有屋子中最简朴的一间"的他的卧室里却有"一副纯金的梳妆用具"[③]。两个特大衣橱

---

① 弗朗西斯·斯科特·菲茨杰拉德.了不起的盖茨比[M].巫宁坤,译.南京:译林出版社,1998:35.
② 同上,第 35 页。
③ 同上,第 79 页。

里"装满了他的西装、晨衣和领带,还有一打一打像砖头一样堆起来的衬衣"①。难怪黛西看到这些奢侈品会呜咽起来,因为"这些衬衫这么美",连她这个有钱人也"从来没见过这么——这么美的衬衫"②。

小说中,金钱对小说中的每个人物都有影响。黛西因为盖茨比不富有而抛弃了盖茨比,因为汤姆有钱而嫁给了他。盖茨比因为没钱而遭到黛西的抛弃,于是千方百计地挣钱想赢回黛西的爱情。汤姆因为富有而到处拈花惹草,茉特尔因为汤姆富有而成了他的情妇。威尔逊则因为贫穷而被妻子瞧不起。连尼克来到纽约,也是为了学做债券生意,而债券生意自然跟金钱有关。有钱似乎就能拥有想要的一切。然而,盖茨比的遭遇说明用金钱赢得一切只是一种梦幻,这种梦最终会被无情的现实所摧毁。

象征主义手法的应用

象征主义手法是这本小说最为显著的特征。小说中有很多具有象征意义的东西。首先是地点。小说中的东卵,也就是黛西和汤姆夫妇居住的地方,是纽约的旧贵聚居地。所谓旧贵,是指出身上流社会豪门阶层的人,而新贵则是指通过经商等渠道得以暴富的人。黛西和汤姆显然属于旧贵,而盖茨比则属于新贵。小说中的西卵就是像盖茨比这样的新贵和尼克这样的中产阶级居住的地方。小说中还有个很具象征

① 弗朗西斯·斯科特·菲茨杰拉德.了不起的盖茨比[M].巫宁坤,译.南京:译林出版社,1998:80.

② 同上,第80页。

意味的地方,即威尔逊和茉特尔夫妇居住的"灰谷"。"灰谷",顾名思义,就是满是灰烬的山谷,这样的地方自然不会是有钱人居住的地方,连中产阶级也不会住在这里,这里的居民只有像威尔逊这样的社会底层的人。而灰谷还象征着社会荒漠,这里正好是一切罪恶发生之地。在这里,茉特尔和汤姆有了苟且之事,同样是在这里,黛西驾车撞死了茉特尔,之后逃逸。也是在这里,威尔逊在汤姆的挑唆下下定决心要枪杀盖茨比。

在这个貌似死亡之谷的"灰谷"里,却有一块大型广告牌,上面画着一双大眼睛,这应该是一个眼科医生的广告牌,却不知为何废弃不用了,剩下那双毫无表情的大眼睛静静地盯视着这个死亡之谷。其实,这双眼睛象征着上帝的眼睛。小说中,当威尔逊发现妻子茉特尔对自己不忠的事情后,他把茉特尔领到窗口,面对着那对眼睛,告诉她不要以为没人知道她和汤姆的事,上帝在看着这一切。威尔逊对茉特尔说:"上帝知道你所做的事,你所做的一切事。你可以骗我,但你骗不了上帝!"①最终他决定带着茉特尔离开这里。遗憾的是,不等他的计划实施,茉特尔就被黛西撞死了,而他为了报复,枪杀了代黛西受过的盖茨比,之后自己也自杀,酿成了最后的惨剧。

小说中,颜色寓含的象征意义也给读者留下了深刻印象。各种颜色代表不同的象征意义,对人物塑造和情节的发展都起到了很好的铺垫作用。最重要的颜色有三种:绿色、白色和金色。

绿色一般代表希望、期待和活力。小说中,绿色伴随着盖茨比的整个追梦过程。盖茨比 17 岁的时候,穿的绿色毛线衫象征着他青春的活

---

① 弗朗西斯·斯科特·菲茨杰拉德.了不起的盖茨比[M].巫宁坤,译.南京:译林出版社,1998:137.

力和对未来坚定的信心。而在小说中,黛西房子所在地的码头上有一盏绿色的灯,在小说中一共出现了五次。这盏灯,无疑代表的是盖茨比的梦想,也就是和黛西重续前缘。在小说的第一章,盖茨比一出场,他便远望着黛西房子方向的绿灯。他的神情,他的动作,说明了他对黛西的渴望。这不但是他那天的期盼,也是他每天的期盼。然而,这盏灯既小又远,遥不可及,而这正是盖茨比的梦空洞虚无的象征。这个梦毫无意义,毫无价值,也注定会破灭。

绿色还是美钞的颜色,所以,绿色同时也象征着财富和奢华。小说中,盖茨比的房子和布坎农夫妇的房子都被绿色的常春藤所遮盖,只是浓密度不一样。这象征着无论是盖茨比还是汤姆都是有钱人,但他们还是有区别的,区别就在于盖茨比是新贵,而汤姆则是旧有的贵族阶层。所以,盖茨比对绿色灯光的向往,不但象征他与黛西再续前缘的梦想,而且也象征他对金钱和地位的追求。但是,盖茨比没有想到的是,尽管他通过自己的努力成了富人,他还是无法跻身上流社会,也无法赢回黛西的爱情。

绿色还被用来形容威尔逊的脸色。当在"灰谷"见到汤姆时,威尔逊的脸色在阳光下呈现出绿色。绿色代表嫉妒,汤姆代表的是上流社会,是贵族阶层,而威尔逊则属于下层社会,对于贵族,他也就只有嫉妒的份了。像威尔逊一样,盖茨比对汤姆同样只有嫉妒,不但嫉妒他的贵族身份,还嫉妒他成了黛西的丈夫。

白色是小说中用来形容黛西的颜色。白色既有积极的象征意义,也有消极的象征意义。从积极角度说,白色代表纯洁、天真和善良。黛西的英文意思是雏菊,而白色的雏菊自然就有漂亮、纯洁的意思。小说中,我们看到黛西经常穿着白色的衣裙。在年仅 18 岁的时候,她脸色白皙,穿着白色的衣裙,开的车是白色的,住的房子也是白色的。在盖茨比眼里,年轻的黛西就像是个白色的天使,优雅高贵,毫无瑕疵。而现在,这个天使住在东卵白色的宫殿里,就像位尊贵的公主。正是为了黛西,盖茨比富有之后也买了一栋白色的大房子,穿白色的法兰绒西服和银色的衬衫。这种下意识的模仿象征着他对黛西不懈的追求。

然而,白色虽然洁白,但也很容易被污染。黛西这个外表纯洁无瑕的女性,内心却空虚腐化。婚后的黛西物质条件优越,生活奢华无度,但是她无所事事,空虚无聊。他们不用为生计奔波,却为如何打发时间发愁。他们的生活没有目标,毫无计划,所以,乔登会打着呵欠问“我们应当计划干点什么”,而黛西会接着她的话问:“咱们计划什么呢?……人们究竟计划些什么呢?”①小说中的这句话很好地诠释了黛西空虚的生活:“再过两个星期就是一年中最长的一天了……你们是否老在等一年中最长的一天,到头来偏偏还是会错过?我老是在等一年中最长的一天,到头来偏偏还是错过了。”②她常常无所事事,不知如何打发时间:“今天下午我们干什么好呢?还有明天?还有今后 30 年?”③黛西的婚姻自然是不幸福的,她在这样的婚姻中无所事事地过日子,百无聊赖地打发时间。从这里,我们可以看到这株外表纯洁的雏菊其实并非是天真烂漫、无忧无虑的。

再者,白色是冷色调,还象征着冷漠和无情。黛西虽然真心爱过盖茨比,但是在金钱面前,她还是选择了有钱的汤姆,无情地抛弃了盖茨

①　弗朗西斯·斯科特·菲茨杰拉德.了不起的盖茨比[M].巫宁坤,译.南京:译林出版社,1998:12.
②　同上,第 12 页。
③　同上,第 102 页。

比。盖茨比成了富翁之后，虽然对盖茨比还爱着她，而汤姆却背地里跟茉特尔有染的事实心知肚明，但她还是选择了汤姆，因为她知道盖茨比的钱财来路不正。最令人寒心的是，盖茨比代她受过，被威尔逊枪杀身亡之后，她不但没有站出来说明真相，甚至连盖茨比的葬礼都没有参加，反而选择外出度假。对盖茨比的死，她丝毫没有感到痛苦、内疚和悔过，对盖茨比对她的忠心和牺牲完全无动于衷。她根本不是代表纯洁和善良的白色雏菊，而是冷漠、无情、拜金、势利的女人。

在《了不起的盖茨比》中，金色也富含象征意义。黄色和金色类似，小说中，黄色也有与金色同样的象征意义。20世纪20年代，美国的物质主义和拜金主义流行，金色代表的正是整个社会奉行的拜金主义。整个社会除了拜金，就是享乐。黛西是个拜金女，"她的声音充满了金钱"①。她的衣服钉着两排闪闪发亮的铜纽扣；她金色的小铅笔，在阳光下熠熠生辉；她房子的法式窗户发出金色的反射光；连她的孩子也都有黄色的头发。为了赢得这个"金色小姐"的芳心，盖茨比不顾一切地赚钱，不失时机地要证明他是可以与之般配的"金色男孩"。他的劳斯莱斯是黄色的；在他奢华的晚会中，一切似乎都是黄色的。乐队演奏的是黄色的鸡尾酒音乐；自助餐桌上，猪和火鸡样子的油酥食品也被炸成较深的金色；而在主大厅里设的一个吧台，栏杆也是由真正的黄铜制成的。后门边用橙子和柠檬堆成了一个金字塔，而橙子和柠檬的颜色也都是黄色的。不但盖茨比的晚会上黄色成了主色调，他和黛西再次会面时，金色也是很显眼的。他系的领带是金色的，连他卧室里卫生间的马桶也都是纯金的。所以，金色代表了财富和地位。

---

① 弗朗西斯·斯科特·菲茨杰拉德.了不起的盖茨比[M].巫宁坤,译.南京:译林出版社,1998:104.

《了不起的盖茨比》中，汽车的象征意味也很强。在 20 世纪 20 年代，买得起汽车的人一定是有钱人。汽车成了个人财富的象征，而财富则是个人成功的象征。人们一夜暴富的欲望成了非法赚钱的土壤。盖茨比正是通过非法的走私生意成了有钱人。而汽车则是盖茨比财富的一个标志。盖茨比非常有钱，他拥有的汽车是豪车劳斯莱斯。但他的劳斯莱斯并不是只供他自己一人乘坐，每当他举办奢华的晚会时，他的劳斯莱斯座驾就成了接送晚会宾客的公共用车。汤姆是贵族阶层的代表，自然也是有钱人，他的财富体现在两个方面：一是马，二是汽车。尼克去拜访他时，他让尼克参观他的马厩。前面我们也说过，汤姆从芝加哥搬到纽约来时，带来的是一个马队。马是贵族阶层富有的象征，而汽车则是工业革命的产物。汤姆作为有钱人，既拥有代表"旧贵"财富的马和马厩，也拥有代表"新贵"财富的汽车。而小说中的威尔逊是个穷人，他自然买不起汽车，他的车行名是"修车。乔治·威尔逊。买卖车辆"。威尔逊显然没有自己的汽车，他买卖旧车不过和修车一样，是用以赚钱谋生的手段而已。

结　语

小说中，尼克有句令人深思的话："我所认识的诚实的人并不多，而我自己恰好就是其中的一个。"[1]从诚实的角度来分析，小说中的人物都是不诚实之人。盖茨比对自己的身世刻意隐瞒，粉饰自己的出身和

---

① 弗朗西斯·斯科特·菲茨杰拉德.了不起的盖茨比[M].巫宁坤，译.南京：译林出版社，1998：52.

上大学的经历,而且通过非法生意赚钱。黛西不顾自己真正爱的是盖茨比这一事实,为了钱财嫁给了自己并不爱的汤姆,后来更是把撞死茉特尔的事嫁祸给盖茨比,让无辜的盖茨比为她付出了生命。汤姆对婚姻不忠,在外面有情人。茉特尔同样对婚姻不忠,和汤姆厮混在一起。威尔逊也在某种程度上欺骗了茉特尔,让茉特尔以为他是个"绅士",对茉特尔隐瞒了借衣服结婚等事实。作为高尔夫球运动员的黛西的朋友乔登则在比赛中作弊。从以上分析可以看出,尼克确实是唯一没有不诚实之举的人物。从这个角度说,作者从另一侧面反映了美国社会20世纪20年代传统价值观念的消解和道德的沦丧。

盖茨比虽然有他的不足之处,但他对爱情矢志不移,坚信自己能够重新赢回心爱姑娘的爱情,从这一点来说,他是了不起的。而《了不起的盖茨比》这本小说之所以了不起,是因为它对20世纪20年代美国社会的真实描述和对美国梦破灭的真实演绎。但是,最了不起的还是作者菲茨杰拉德,因为他为我们留下了一部了不起的传世名作。

6

告别武器，拥抱和平

——《永别了,武器》赏析

　　《永别了，武器》(A Farewell to Arms，1929)是美国著名作家欧内斯特·海明威(Ernest Hemingway，1899—1961)的代表作之一。众所周知，海明威是迷惘的一代作家的代表人物，他的《太阳照样升起》(The Sun also Rises，1926)、《丧钟为谁而鸣》(For Whom the Bell Tolls，1940)以及《老人与海》(The Old Man and the Sea，1951)等都是脍炙人口的杰作。1954年，因为出色的文学成就，海明威获得诺贝尔文学奖，成了美国第五位获此殊荣的作家。

　　海明威1899年出生于美国伊利诺伊州的橡树园。父亲是个医生，母亲是个音乐家。小时候，海明威经常跟着父亲去打猎和钓鱼，这些户外运动对海明威的文学创作影响很大，很多都成了他的创作素材。第一次世界大战对海明威的影响更是无可比拟的。他作为美国红十字会的成员在意大利开救护车，后因负伤在米兰治疗，和一个护士擦出了爱情火花。后来海明威参加了意大利的步兵队，在意大利前线参战，这些经历给了他灵感，据此创作了小说《永别了，武器》，于1929年出版。

小说题目的翻译

　　《永别了，武器》讲的是一个在第一次世界大战中发生的爱情故事。男主人公亨利是个中尉，在战争中担任救护车队的队长。在前线，他认识了护士凯瑟琳。一开始，亨利并未对凯瑟琳用真情，只是为了缓解压力玩了一个爱情游戏。但渐渐地，两人陷入情网。后来，亨利因为腿部受伤被送往米兰医院治疗，恰好凯瑟琳也转到那所医院工作，两人在一起过了一段美好浪漫的日子，凯瑟琳因此怀孕。亨利康复后回到前线，却因为不明真相跟着撤退而遭到军法处置。他冒死跳河逃生，回到米兰找到凯瑟琳。两人最后冒着危险逃到中立国瑞士，可凯瑟琳却因难产，母婴双双撒手人寰。

　　小说的题目《永别了，武器》出自英国文艺复兴时期的诗人和剧作家乔治·皮尔（George Peele）的同名诗歌《永别了，武器》。诗歌的大意是写一个退役老兵感叹时间的流逝让自己从年轻走向年老，但他对女王的忠心矢志不渝。关于题目的翻译，也有两个版本，最早译为《战地春梦》，后来改为《永别了，武器》。两个版本皆是林疑今先生所译。第一次世界大战后，美国文坛出现了迷惘的一代作家。"他们怀疑一切、厌恶一切，鄙视高谈阔论，厌恶理智，几乎否定一切传统价值，认为人生一片黑暗，到处充满不义和暴力，总之，万念俱灰，一切都是虚空。"[1]他

---

　　① 欧内斯特·海明威.永别了，武器[M].林疑今，译.上海：上海译文出版社，1995:3.

们"悲观、怀疑、绝望"①。而海明威是迷惘的一代作家的代表人物,他亲身经历了第一次世界大战,负过伤,失过恋,身与心俱遭到严重的创伤。所以,海明威对战争抱谴责的态度。《永别了,武器》自然就散发着强烈的反战情绪。虽然小说也有两个层面的意思:第一是告别战争,第二是告别爱情,但是,在这两个层面中,告别战争显得更为重要。因为这是从全人类的角度去思考的层面。而爱情只是个人层面的东西。再者,小说中,爱情的毁灭是由战争导致的。如果不是战争,爱情就可能延续。所以,题目译成《永别了,武器》非常贴合小说的主题。

关于题目的翻译,林疑今教授在给杨仁敬教授的学术著作《海明威在中国》一书写的序中曾经提过,他说:"译文起初的译名叫作《战地春梦》,不无颓废主义的色彩,常遭非议。全国解放后,改名《永别了,武器》,想不到在国内一个不大不小的重点大学,又遭到图书馆'内部控制,禁止流通',理由是书名宣传无原则的和平主义。"②可见,之所以把《战地春梦》改为《永别了,武器》,是因为前者带有颓废主义的色彩。至于说《永别了,武器》是"宣扬无原则的和平主义",这一点,不但林教授不认同,广大读者也不会认同。因为人类社会要想和谐发展,需要的当然不是战争,而是和平。和平共处是所有人都向往的理想生活状态。

英文 Arms 除了"武器"的意思外,还有"双臂"的意思。伸开双臂,就是拥抱。与温暖的拥抱告别意味着与爱情告别。可以说,这种理解也不无道理。因为在小说最后,亨利失去了凯瑟琳,当然就得与凯瑟琳的拥抱告别,进而与爱情告别。所以,有人认为译为《战地春梦》更符

---

① 欧内斯特·海明威.永别了,武器[M].林疑今,译.上海:上海译文出版社,1995:3.

② 杨仁敬.海明威在中国[M].厦门:厦门大学出版社,1990:1.

合原文要表达的意思,既把战争背景译出来了,也把爱情幻灭的意思翻译出来了。然而,"战地春梦"削弱了小说的反战主题。从某种意义上说,这个主题是比爱情主题更为重要的。因为"战地春梦"是一个偏正结构,主体部分是春梦,而战地只是一个背景。"战地春梦"没有把小说原有的反战主题很好地诠释出来。而"永别了,武器"反战意味明确,听起来掷地有声,是更可取的译法。

主题之一:反战

任何一个伟大的作家在作品中展示的主题都不是单一的,而是多样的。而多重主题的展示也就构成了作品扣人心弦、引人入胜的复杂情节。《永别了,武器》即是展示多重主题的经典之作。小说以战争为题材,表现了亨利和凯瑟琳生离死别、感人肺腑的爱情,赋予了小说反战、爱情、死亡等多重主题。

反战是《永别了,武器》最重要的主题。"这部小说被公认为反对一次大战的优秀作品。"[①]首先,小说的题目《永别了,武器》的反战意味很浓,与武器说再见,便是与战争告别。没有了战争,自然就有了和平。第一次世界大战的爆发使普通百姓深受其害,尤其是美国的青年一代。他们带着为国而战的神圣理想参加了战争,却在战争中饱受创痛,不少人甚至充当了炮灰,从心灵到肉体都受到了极大的创伤。参加过第一次世界大战的海明威对此更有切身的体会。于是,作为"迷惘的一代"

---

① 杨金才.新编美国文学史:第三卷[M].上海:上海外语教育出版社,2002:280.

的代表作家,海明威在他的以战争为题材的作品中表现了极浓的反战情绪。

小说一开头,海明威给我们描述了一番战场上的情景:

那年晚夏,我们住在乡村一幢房子里,望得见隔着河流和平原的那些高山。河床里有鹅卵石和大圆石头,在阳光下又干又白,河水清澈,河流湍急,深处一泓蔚蓝。部队打从房子边走上大路,激起尘土,洒落在树叶上,连树干上也积满了尘埃。那年树叶早落,我们看着部队在路上开着走,尘土飞扬,树叶被微风吹得往下纷纷掉坠,士兵们开过之后,路上白晃晃,空空荡荡,只剩下一片落叶。①

这本以战争为题材的小说不但没有气势恢宏、荡气回肠之势,反而给我们一种肃杀萧条之感:"当秋天一到,秋雨连绵,栗树上的叶子都掉了下来,就只剩下赤裸裸的树枝和被雨打成黑黝黝的树干。葡萄园中的枝叶也很稀疏光秃;乡间样样东西都是湿漉漉的,都是褐色的,触目秋意萧索。"②到了冬天就更凄清了:"冬季一开始,雨便下个不停,而霍乱也跟着雨来了。瘟疫得到了控制,结果部队里只死了七千人。"③小说第一章篇幅不长,只有不到两页,但是,在海明威的笔下,战争没有给人带来任何生机。从夏天到冬天,战地一片寂寥,给人一种肃杀和无奈的悲

① 欧内斯特·海明威.永别了,武器[M].林疑今,译.上海:上海译文出版社,1995:5.
② 同上,第6页。
③ 同上,第6页。

凉之感。而"部队里只死了七千人"颇含讽刺意味,也体现了海明威对战争所持的否定态度。

书中人物的厌战情绪是海明威用来展示反战主题的主要方法。战前在积极参战的热血青年心里颇为神圣的战争如今成了"该死的战争"①。帕西尼说:"没有比战争更糟糕的事了。"②军医雷那蒂经常说:"这战争太可怕了。"③他说这战争把他折磨死了,他被战争弄得郁郁不乐。随军牧师也说:"我对战争本来是憎恨的。"④大撤退中,士兵们的反应更为强烈。虽然战争远未结束,士兵们却丢掉步枪,声称:"我们正在回家。战争结束了。"⑤"人人都在回家。"⑥还有些士兵为了避免上前线打战,居然采取自伤的行为。所以,当亨利患了黄疸病时,他所住医院的负责人范坎本女士指责他是故意在住院期间喝酒以患上黄疸,目的就是拖延时间以免回前线服役。"我倒知道有好些人,为了逃避上前线,故意叫自己受伤的。"⑦范坎本女士的话说明,这在当时是一种普遍行为。士兵们之所以要这么做,是因为对战争本身已经产生了厌恶心理。

士兵们对自己为什么而战同样也是不甚了解,正如雷那蒂所说:"这战争是件坏东西,我们究竟为什么而战呢?"⑧诚然,战场上的所有

① 欧内斯特·海明威.永别了,武器[M].林疑今,译.上海:上海译文出版社,1995:41.

② 同上,第 57 页。

③ 同上,第 184 页。

④ 同上,第 80 页。

⑤ 同上,第 238 页。

⑥ 同上,第 238 页。

⑦ 同上,第 159 页。

⑧ 同上,第 184 页。

人都明白战争不是好事,至于雷那蒂的问题,小说中有句话便是极好的回答:"一个国家里有个统治阶级,他们愚蠢,什么都不做,并且永远不会懂得。战争就是这样打起来的。"①因此,只有战争的发动者才明白个中缘由,也只有他们才可以在战争中获取好处。至于普通士兵,他们只知道战争不是好事,只会给人们带来痛苦。他们都像亨利一样希望战争结束。主人公亨利的一段内心独白典型地代表了参战士兵们的真实心态:

> 我每逢听到神圣、光荣、牺牲等字眼和徒劳这一说法,总觉得局促不安。这些字眼我们早已听过……但是到了现在,我观察了好久,可没看到什么神圣的事,而那些所谓光荣的事,并没有什么光荣,而所谓牺牲,那就像芝加哥的屠场,只不过这里屠宰的肉不是装进罐头,而是掩埋掉了。……像光荣、荣誉、英勇或神圣,倘若跟具体的名称——假如村庄的名字、路的号数、河名、部队的番号和重大日期,等等——放在一起,就简直令人厌恶。②

海明威在这段话中把反战主题刻画得入木三分。战争既没有神圣感,也没有荣誉感,有的只是血腥杀戮的场面。战死的士兵无异于屠宰场的牲畜,成了战争的牺牲品。这一切都令人感到厌恶。难怪海明威要安排亨利跟武器永别了。《永别了,武器》中的反战主题由此得到了深刻的体现。

---

① 欧内斯特·海明威.永别了,武器[M].林疑今,译.上海:上海译文出版社,1995:58.

② 同上,第203页。

主题之二:爱情

海明威为我们展示的第二个主题即是爱情主题。小说叙述以人物的动作为中心,通过五个层次来完成:1917年春天——战地相识交往,播种爱情;1917年夏天——在米兰战地医院坠入爱河,真诚相爱;1917年秋天——重返前线,危险四伏;1917年冬天——逃离意大利战火,到瑞士共沐爱河;1918年春天——在瑞士某医院生死分离,爱情终结。

1917年春天是这个美丽的爱情故事的良好开端。一年伊始,万物复苏。春天是一个充满生机的季节。主人公亨利在前线一家野战医院认识了漂亮的护士凯瑟琳,他们之间的爱情进入了萌芽阶段。诚然,这个故事的初始阶段并不浪漫,既没有一见钟情,也没有心心相印。亨利去找凯瑟琳只不过是出于身处前线的空虚和寂寞,即使他没有去找凯瑟琳,也会去找妓院里的其他军妓。虽然他口口声声说爱凯瑟琳,可他自己也明白那是在撒谎。事实上,他连凯瑟琳长什么样都没有留心,更不用说爱上她了。他声明:"我知道我并不爱凯瑟琳·巴克莱,也没有任何爱她的念头。这是场游戏,就像打桥牌一般,不过不是在玩牌,而是在说话。就像玩桥牌一般,你得假装你是在赌钱,或是为着什么别的东西在打赌。没有人提起下的赌注究竟是什么。这对我并没有什么不方便。"①他把"来看凯瑟琳当作一样很随便的事",而且因为喝醉了,

---

① 欧内斯特·海明威.永别了,武器[M].林疑今,译.上海:上海译文出版社,1995:36.

"差不多完全忘记要来看她了"。① 更为恶劣的是,他还把与凯瑟琳的交往当成"总比每天晚上逛窑子好得多"②的事情。凯瑟琳送给他的护身符——圣安东尼像也不知被他弄到哪儿去了。可见,一开始,亨利并不是因为爱凯瑟琳才去找她的。他去找凯瑟琳不过是为了解解闷,借以排遣空虚和无聊。

亨利没有一眼看中凯瑟琳,同样,凯瑟琳对亨利也没有一见钟情。她原来有过一个倾心相爱的恋人,她上前线当护士就是为了能看到在此参战的恋人,万一他负伤,她便可以亲自照顾他。不幸的是,还没等到俩人见上一面,凯瑟琳的恋人就阵亡牺牲了。所以,凯瑟琳并不是个初涉爱河、天真无邪的少女。当亨利控制不住生理欲望要强行吻她时,她当机立断给了他一记耳光,一针见血地指出他们这种关系简直就像在演戏。"你总算尽你的能力在演。不过这场戏坏透了。"③当亨利再次声明"我可是真心爱你"的时候,她说:"在不必要的时候你我还是少撒谎吧。"④

然而,不打不相识,这对未来的恋人因"这场坏透了的戏"而播下了爱的种子。虽然开始两人是在玩爱情游戏,但等到两人分开时,却意识到心里已经有了对方的身影,再也割舍不断了。于是,在前线的亨利会莫名其妙地想起凯瑟琳。虽然他一再声明他并没有打算爱上她,可从他对她的思念来看,他的辩白显得非常苍白无力。虽然两人的关系因

① 欧内斯特·海明威.永别了,武器[M].林疑今,译.上海:上海译文出版社,1995:48.
② 同上,第 35 页。
③ 同上,第 36 页。
④ 同上,第 36 页。

不在一起而暂时中断，但月下老人已经为他们牵好了线，搭好了桥。

随着战争的发展，时间跨入 1917 年夏季。夏季阳光充足，万物茁壮成长。在这个火热的夏季，亨利和凯瑟琳的爱情种子在两人重逢之际破土而出，生长成熟。亨利因在战场上负伤而被送往米兰的一家医院疗伤。凯瑟琳也辗转到了这里。由于彼此心里已经有了接受对方的基础，亨利已不像春天里那样对凯瑟琳抱着不经意的态度，对她有了一种难以遏止的渴望之情。所以，他"一看到她，就爱上了她。心里神魂颠倒"[①]。两人渐次从精神上到肉体上都达到了合二为一的境地，以致凯瑟琳每晚主动值夜班，为的是夜里能和亨利待在一起，并获得爱的欢愉。结果，"那年夏天我们过得幸福快乐"[②]。他们下餐馆、看赛马、聊天散步，经历了一段名副其实的罗曼史。遗憾的是，这段罗曼史也给他们留下了使凯瑟琳致命的因素，凯瑟琳怀孕了。此外，亨利的腿伤也在爱情的滋润中渐渐愈合，这意味着这对恋人离别时刻的到来。

终于，亨利腿伤愈合，要重返前线了。随着亨利重返战场，1917 年秋季开始了，他们的爱情进入了第三阶段。秋季凉风袭人，树叶飘落，一派肃杀。这个季节对亨利来说是个危险四伏的季节，亦是个逃亡的季节。重返前线的亨利赶上了卡波雷多大撤退。撤退本应和安全联系在一起，可这次撤退正好相反。由于这次撤退，亨利遭遇了来自多方面的威胁。他错误地指挥他领导的救护车队抄近路撤退，结果车子陷入淤泥当中动弹不得，落在后面就会有被德国兵打死的危险。他们只好弃车而行。路上他们已经接近了德国兵，所幸没有被发现。令人痛心

① 欧内斯特·海明威.永别了，武器[M].林疑今，译.上海：上海译文出版社，1995：103.

② 同上，第 124 页。

的是,德军的子弹没有让他们的躯体受伤,本部的意军却令他们失去了一位战友,因为他们被误当成德国兵了。更糟的是,战场宪兵正在搜查煽动撤退的嫌疑人士,稍加审讯后便执行枪决。亨利也成了嫌疑对象之一。为了生存下去,他不顾一切跳入河中,侥幸逃离了宪兵的魔爪,可也使自己成了真正的逃兵。一个人的逃亡最后变成了两个人的逃亡,他先逃到后方,找到凯瑟琳,两人冒着被发现就要被遣返的危险逃到了中立国瑞士。逃亡的成功标志着这一阶段的结束。时间跨入了1917年冬季。

　　冬季是个相对稳定的季节,这对恋人的生活也相对稳定下来。在银装素裹的瑞士,亨利和凯瑟琳重温了在米兰的旧梦。所不同的是,在米兰,他们还要面对亨利必须重返前线的分离,而此刻在瑞士,却什么危险也没有了。"战争似乎离得很远,好比是别人的大学里举行的足球比赛。"①他们过得颇为悠闲自在,就像理想国里的国王和王后一样,"度着幸福的日子"②。房东对他们就像对自己的子女,连早饭也端到床上给他们吃。他们已把战争忘到九霄云外去了。正如亨利说的:"我不愿想起战争。我和它没有关系了。"③他们的爱情也达到了顶峰。如果不是凯瑟琳的分娩,他们也许就这么一辈子无忧无虑、甜甜蜜蜜地生活在瑞士这个不受战火蹂躏的理想国度。然而,不幸的是,本应是他们爱情结晶的孩子却成了凯瑟琳的催命符。随着冬日的过去,凯瑟琳分娩的日子越来越近了。

----

　　①　欧内斯特·海明威.永别了,武器[M].林疑今,译.上海:上海译文出版社,1995:315.
　　②　同上,第330页。
　　③　同上,第323页。

此时已经是 1918 年 3 月,时令又进入了春季。如果说前一年的春天为这对恋人预示的是春意盎然、充满希望的话,这一个春季却代表着春天的另一个特点——阴雨绵绵、气候多变。等着这对恋人的也是风云突变的日子。可怜的凯瑟琳由于难产备受折磨,产后出现大出血,最后母婴双双撒手人寰。凯瑟琳的去世标志着男女主人公爱情的终结。

可见,从故事发展的时间上看,《永别了,武器》可分为层次分明的五个部分。男女主人公的爱情经历了万物复苏的春天、热情如火的夏天、诸多磨难的秋天和纯洁浪漫的冬天,最后又回到了春天,完成了一个从春天到春天的循环。

主题之三:死亡

《永别了,武器》不仅展示了爱情主题,同时还揭示了人生另一个永恒的主题——死亡。有生必有死。生老病死是每个人必须经历的不可避免的人生阶段。作为人生的必经阶段的死亡也就成了文学创作的永恒主题之一。一个伟大的作家决不会在自己的作品中回避这一主题。事实上,死亡是海明威生平和著作中一再出现的主题。海明威曾参加过第一次世界大战,并且受过重伤。可以说,死神虽然没有夺走他的生命,却曾经和他擦肩而过。而在海明威的家族中,死亡更是个难以解开的情结。海明威的死亡意识一直很强,他对死亡并不畏惧。1961 年,海明威因不堪忍受病痛的折磨和创作思想的枯竭而饮弹身亡,这便是极好的证明。海明威的死亡意识在他的主要作品中均得到了不同程度的体现,而《永别了,武器》中的死亡主题即是典型的例子之一。

任何战争都是残酷无情的,并且总是和死亡联系在一起。参加了战争就意味着有死神伴随左右,时刻都有生命危险。侥幸在战争中存活下来的就成了战斗英雄,否则就成为战争的牺牲品。以战争为背景的《永别了,武器》当然不可能撇开死亡这一主题。综观整部小说,可以说,死亡主题是贯穿小说各个部分的主线。

小说开篇就是烽火弥漫的战场。主人公亨利身处前沿阵地,随时都有阵亡的危险。海明威虽未谈及亨利是否害怕死亡,但主人公比谁都更明白自己的处境。及时行乐也就成了他在前沿阵地生活的信条。这就是他为什么上妓院找妓女的原因,也正是他虽然还未爱上凯瑟琳却抱着闹着玩的态度跟她交往的原因。其实,在前沿阵地,参战官兵们都和亨利一样意识到死亡的威胁,所以,他们采取一切可能的方式来分散自己的注意力,不让死亡的威胁萦绕在脑际。除了玩爱情游戏、上妓院找妓女,他们还喝酒,互相开玩笑。随军牧师因为自身的信仰,成了他们最常取乐的对象。

对于亨利来说,死神虽然没有夺去他的生命,却使他着实体验了濒临死亡的感觉。当他在战壕里被一发巨型炮弹炸翻时,他真的以为自己已经死了。"我只觉得灵魂冲出了躯体,往外飘,往外飘,一直在风中飘。我的灵魂一下子全出了窍,径自冲出防空壕,我知道我已经死了,如果以为是刚刚死去,那就错了。随后我就飘浮起来,不是往前飘,反而是溜回来了。我一呼吸,就溜回来了。"①海明威在此为我们描述了主人公死而复生、与死神擦肩而过的过程。主人公幸免于难,但是膝盖受了重伤,于是被送往米兰医治。

---

① 欧内斯特·海明威.永别了,武器[M].林疑今,译.上海:上海译文出版社,1995:62.

小说于是转入第二部,时间是 1917 年夏天。米兰远离前线,男女主人公的爱情之果已经酝酿成熟。在这个炽热如火的季节,男女主人公过了一段幸福快乐的日子。死亡的威胁似乎与他们毫不相干。其实不然,随着他们爱情之果的成熟,亨利也日渐康复。伤好后的亨利无疑得重返前线,重新去面对死亡的威胁。所以,死亡虽然不像第一阶段那样近在眼前,却也并不是望而不见的。死亡的阴影时刻笼罩着他,使他闷闷不乐、情绪低落。更糟的是,爱的欢愉在凯瑟琳身上埋下了爱的种子,凯瑟琳怀孕了。凯瑟琳在第二年春天死于难产,终究未逃脱死神的魔爪。而在她腹中孕育的孩子无疑是死神给凯瑟琳下达的催命符。

　　秋季归队是死神光顾亨利最频繁的阶段。死亡威胁的来源众多:身处前线有来自敌军的威胁;弃车逃亡后不但有来自德军的威胁,还有来自意大利散兵的威胁,亨利的一位战友就是被意军打死的;更危险的是来自战场宪兵的直接威胁。由于亨利说话有外国口音,他被怀疑是穿着意军制服的德国煽动者,眼看就要被处决,亨利孤注一掷地冒险跳入河中,宪兵的子弹所幸没有打中他,河水的漩涡最终也没有把他吞没。他大难不死,逃到了后方。可后方并没有给他带来些微的安全感。地方治安部门因他擅离职守而要逮捕他,走投无路的亨利只好重新踏上了逃亡之路。他偕同凯瑟琳一起逃往中立国瑞士。那天晚上气候恶劣,夜间摇着小船穿越偌大的湖泊本身就已经很危险,因为小船随时都可能被风浪掀翻,再加上偷渡国界若被发现就有可能被送回意大利,重新置身被追踪之厄运,也就是说去重新面对死亡的威胁,所以,这个秋季危险四伏,主人公时时刻刻都面临着死亡的威胁。

　　最后,他们历尽艰辛,终于来到了中立国瑞士,过上了一段梦境般的生活。死亡的威胁似乎已与他们不搭边了,可是,等着他们的是更不幸的事。这就是,死神已经悄然而至——凯瑟琳即将分娩。这种威胁不是来自外部的力量,而是来自他们自身。在凯瑟琳与死神展开殊死搏斗的时刻,亨利也被凯瑟琳将死的威胁缠绕着。"我知道她就要死了。我祈祷要她别死,别让她死。哦,上帝啊,求求你别让她死。只求你别让她死,我什么都答应。亲爱的上帝,求求你,求求你,求求你别让她死。亲爱的上帝,别让她死。求求你,求求你,求求你别让她死。上帝啊,求你叫她别死。只要你别让她死,你说什么我都做。"[①]亨利一再重复这些字眼,足有十遍之多。可见,他们一个在与死神拼死搏斗,一个却因死神要夺走他的所爱而焦头烂额、无所适从。然而,死神最终并没有怜惜他们,夺走了凯瑟琳年轻的生命,令亨利生命的一半永远离开了他。他虽然与武器告别了,但并未与死亡诀别。

可见,不论是在烽火弥漫的战场,还是远离战场的后方;不论是逃亡途中还是逃亡之后,主人公时刻都被死亡的威胁及死亡本身所困扰。他欲逃不能,最终成了死神的手下败将。死亡主题在《永别了,武器》中得到了全面展示,成了又一贯穿小说结构各个部分的主线。

雨 的 象 征 意 义

值得一提的是小说中对雨的描写。小说中描写雨的场景很多——从小说开头一直到小说结尾。第一章,海明威给读者描述了一幅秋雨绵绵、一派肃杀的景象。最后,他还告诉我们因为冬雨下个不停,带来

---

① 欧内斯特·海明威.永别了,武器[M].林疑今,译.上海:上海译文出版社,1995:356.

了霍乱,结果部队里死了七千人。

雨总是跟不幸和不快联系在一起。亨利在米兰医院治疗腿伤,而腿伤不碍事时,他却患上了黄疸病。在发现黄疸病之前,海明威也有一段对雨的描写:"那天夜里天气转冷。第二天下起雨来。我从马焦莱医院回来时雨很大,赶到房里,浑身淋湿了。在我楼上的病房里,外边阳台上雨沉重地下着,风刮着雨,打在玻璃门上。"①亨利康复要回前线,与凯瑟琳难舍难分地告别的时候,天空同样在下着雨。

雨还总是跟毁灭和死亡联系在一起。凯瑟琳告诉亨利,说她很怕雨,原因是她有时会看到自己在雨中死去,有时会看见亨利在雨中死去。凯瑟琳和亨利在谈论这些时,外面正下着大雨。亨利回到前线后正是秋天,雨季开始了,亨利重新置身于死亡的阴影当中。大撤退发生的时候,正是风雨交加的时候:"那天整天暴风雨。风刮着雨,到处积水,到处泥泞。那些被毁的房屋上的灰泥又灰又湿。"②雨中有炮击,炮轰声在风雨中飘荡,战斗中有人负伤。然后,大撤退就在雨中开始了。撤退并非始于上面的军令,而是来自传闻,亨利不明真相,也指挥救护车队加入撤退的行列。这才有了他后来差点被军法处决和因擅离职守而被追捕的危险。亨利接到酒保告诉他即将有人来逮捕他的消息时,天正在下暴雨。"那天夜里大风大雨,我被暴雨抽打玻璃窗的声响吵醒。"③亨利和凯瑟琳最后只好冒着危险,摇着小船逃往中立国瑞士。在逃亡途中,同样在下着雨。这雨既象征着他们穿过波涛汹涌的湖面

---

① 欧内斯特·海明威.永别了,武器[M].林疑今,译.上海:上海译文出版社,1995:157.
② 同上,第203页。
③ 同上,第286页。

所存在的危险,同样象征着偷渡国境可能被发现而被遣返的危险。

　　小说中最后一场雨出现在最后一章。凯瑟琳分娩的那天,天也正在下雨。这雨便和凯瑟琳的生命危险联系在一起,预示着凯瑟琳分娩的不测。小说结尾段这么写道:"但是我赶了她们出去,关了门,灭了灯,也没有什么好处。那简直像是在跟石像告别。过了一会儿,我走出去,离开医院,在雨中走回旅馆。"[①]这里出现的雨,跟小说开头对雨的描写互相呼应。从开头到结尾,小说都在写雨,按照我们上面的分析,雨不是跟不快不幸联系在一起,就是跟死亡联系在一起。可见,雨从小说一开始就给整部小说定下了悲剧的氛围和预设。而在小说最后,亨利一个人在雨中走回宾馆,那种痛苦,那种落寞,那种孤独,通过"在雨中"这三个字表现得淋漓尽致,在读者心里产生了极大的冲击,同时战争给人们带来的心灵创伤也更加明显。

结　语

　　在写作风格上,《永别了,武器》秉承了海明威简洁、明快的风格。说到海明威的写作风格,童明说,海明威"被认为是 20 世纪最出色的文学文体家。海明威的风格不单是写作风格,而且是生活风格,它告诉了我们如何勇敢地面对生活的逆境"[②]。确实,海明威的写作风格虽然简洁,但简单的语言却表达了一个个寓意深远的故事。《永别了,武器》也

---

　　①　欧内斯特·海明威.永别了,武器[M].林疑今,译.上海:上海译文出版社,1995:358.

　　②　童明.美国文学史[M].北京:外语教学与研究出版社,2008:240.

一样,表面简单的语言却展示了多重主题,并且用雨把故事的悲剧色彩渲染得恰到好处。作为海明威的代表作之一,《永别了,武器》自出版之日起便受到读者的喜爱,其受欢迎程度至今丝毫没有减退。在美国小说史上,《永别了,武器》势必永远占有一席之地。

7

一首唱给美国南方的挽歌

——《喧哗与骚动》赏析

美国南方是一个带有非常独特的文化和历史背景的区域。它既有早期欧洲殖民时期留下的痕迹,又有后来的蓄奴制和种植园文化。因为是否废除奴隶制之争,北方和南方大打出手,进行了长达四年的美国内战,也就是美国南北战争。战争使南部遭到重创,最后以北方的胜利告终。独特的历史背景形成了美国南方独有的文化。种植园文化由盛转衰,导致很多原本富有的南方大家庭逐渐走向没落。这种现象在美国文学中得到了充分的体现。

美国历史上最具影响力的作家之一——威廉·福克纳(William Faulkner,1897—1962)就出生在美国南方的一个名门望族。福克纳既是小说家,又是诗人和剧作家,是美国意识流文学的代表人物。他的创作生涯长达四十多年,作品被认为是20世纪美国南方小说的高峰。杨仁敬教授在《20世纪美国文学史》中说:"从小说的范围和他最伟大的作品的力度而言,称它为南方文学的'高峰',是恰如其分的。"①1949年,因为"对当代美国小说做出了强有力的和艺术上无与伦比的贡献"②,福克纳获得了诺贝尔文学奖。

---

① 杨仁敬.20世纪美国文学史[M].青岛:青岛出版社,2000:310.
② 百度百科[EB/OL].[2019-03-18].https://baike.baidu.com/item/威廉·福克纳/1359251? fr=aladdin.

《喧哗与骚动》创作缘起

福克纳创作的很多小说都发生在约克纳帕塔法县,写的是这个地方属于不同社会阶层的若干家族的几代人的故事。福克纳"饮誉世界的约克纳帕塔法系列小说不仅仅是一部部美国南方的变迁史,而且也是深刻表现处在历史性变革中的现代世界的不朽之作"①。《喧哗与骚动》(*The Sound and the Fury*,1929)便是这些故事中的一个。根据福克纳自己的说法,创作之初,他头脑中只有这么一个画面:一个小女孩爬到树上去,透过窗户看屋里发生的死亡场景。她的兄弟们却没有她的勇气,只是在下面等着。一开始,福克纳让其中的一个男孩叙述故事,这就是小说的第一部分:班吉的部分。但他发现这不足以表达想要表达的内容,于是就再让另外一个男孩来叙述,这就是第二部分:昆丁的部分。同样,他还是觉得不够,这就有了第三部分:杰生的部分。遗憾的是,福克纳还是觉得故事没有说完。但他实在不想让女主人公凯蒂来亲口叙述这个故事。因为凯蒂是小说中福克纳最喜爱的人物。戴维·明特(David Minter)曾经说过:"福克纳谈到凯蒂总是一往情深,他以她为想象中的姐妹。"②于是,他只好自己登场,这就是作者用第三人称口吻叙述的部分——第四部分。

小说是关于美国南方的康普生家族由盛而衰的故事。小说开始时,这个家族已经从一个有钱的大家族走向没落。曾经有钱有地,有自

---

① 杨金才.新编美国文学史:第三卷[M].上海:上海外语教育出版社,2002:342.
② 戴维·明特.福克纳传[M].顾连理,译.上海:东方出版中心,1994:109.

家的大牧场,但是,小说中读者看到的康普生家已经不再辉煌,呈现颓败之势。家里的老祖母——老康普生夫人去世了。因为家里的四个孩子——男孩昆丁、杰生和班吉以及女孩凯蒂都还小,大人不让他们进去屋里看丧礼,这才有了前面提到的凯蒂爬到树上透过窗户向厅里张望的情景。黑人孩子威尔许"走过去把凯蒂推到一个丫杈上去。我们都望着她衬裤上的那摊泥迹。接着我们看不见她了。我们能听见树的抖动声"①。这也就是最早出现在福克纳头脑里的那幅画面。从这个情景可以看出,凯蒂虽然是女孩,但她在很多方面都超过她的哥哥弟弟们。她勇敢善良,很有爱心,且很有主见,从小便表现出她的决断力和领导能力。凯蒂是整部小说的核心,整部小说就是围绕凯蒂而展开的故事。

班吉的混乱世界

《喧哗与骚动》讲的是美国南方家族康普生家的故事,但整个故事其实是围绕着凯蒂来展开的。在四个孩子中,凯蒂是唯一的女孩,排行第二,上面有个哥哥昆丁,下面是弟弟杰生和班吉。小说的第一部分是以最小的弟弟班吉的口吻叙述的。但是,班吉是个弱智的人,年已三十三岁,智力却只相当于三岁的孩童。故事的这一部分就在这个傻瓜毫无时间顺序的记忆片段中穿梭往来,一会儿是现在,一会儿是过去。意识流手法在这里被福克纳应用到极致,也给读者的阅读理解带来了

---

① 威廉·福克纳.喧哗与骚动[M].李文俊,译.杭州:浙江文艺出版社,1992:40.

困难。

　　班吉的记忆总是围绕几点展开,首先是关于凯蒂的记忆。小时候,凯蒂对班吉一直疼爱有加,虽然她知道班吉弱智,无法对她的疼爱做出常人能有的回应,但凯蒂从来没有嫌弃他,从小一直到她离开家为止,她都非常疼爱班吉。班吉的记忆里便有了很多跟凯蒂在一起的记忆。老祖母去世时,凯蒂爬到树上去偷看屋里举行的丧礼;他们几个孩子一起去室外玩;凯蒂带着班吉去给舅舅毛莱的情人帕特生太太送信;凯蒂长大后开始用香水;凯蒂在荡秋千;凯蒂的失身;凯蒂的婚礼,等等。事实上,凯蒂因为18岁时失身,后又出嫁,再又因为丈夫发现她婚前的情事而离婚,从此以后,家里便不让凯蒂回家,凯蒂自此在读者眼里消失了,代之以她送回家让母亲帮忙抚养的女儿小昆丁。

　　凯蒂的每一个阶段都和班吉的记忆紧密联系在一起。小时候,凯蒂经常抱他,带他出去玩,像妈妈一样关心班吉,疼爱班吉。凯蒂成了班吉的精神支柱。凯蒂上学以后,班吉总是走到栅栏边,隔着栅栏等待凯蒂回来。后来凯蒂离家了,班吉不明就里,每到放学的时候还是会到栅栏边去等凯蒂,然后隔着栅栏跟着其他小姑娘往前走。有一次,他拉开门栓走了出去,把其中一个女孩当成凯蒂,抓住了她,把小女孩给吓坏了。此时的班吉已经是个成年男子,为了不至于发生不该有的悲剧,班吉被阉割了。但是,班吉还是思念凯蒂,所以,他总是喜欢到高尔夫球场去看人家打球。每当打球的人叫"球童"时,他就呜咽起来,因为在英语里,"球童"这个单词的发音和凯蒂的发音是一样的。

　　班吉是家里最小的孩子,但是,他和其他孩子一样,感受不到来自母亲康普生太太的母爱,因为"康普生太太是一个只顾自己、对人冷酷的女人,整天担心自己的病痛、埋怨生活、死抱住自己的体面"①。对于凯蒂,班吉一直有种神奇的感觉。小时候,对于班吉来说,凯蒂无疑是一个妈妈的形象,宠他,疼他,照顾他,保护他。在他看来,凯蒂身上一直有种树的清香。凯蒂14岁时,开始用香水,于是,班吉便再也闻不到她身上有树的香味了,他便哭个不停。但是,谁也不明白他为什么哭,直到凯蒂洗了澡,去除了香水味,班吉的哭声才停止,因为他觉得他又可以闻到树的香味了。凯蒂18岁时开始谈恋爱,当她和男孩接吻拥抱后,班吉同样哭了起来。等凯蒂用肥皂搓洗了嘴巴,班吉便又觉得"凯蒂像树一样的香"②了。这里,"凯蒂像树一样的香"象征着凯蒂的贞洁。当她失去了贞洁,她便再也没有树的香味了。遗憾的是,凯蒂终究还是失去了贞洁,离开了家乡,她留下的一只鞋子成了班吉特别珍视的唯一的安慰。

昆丁的时间困扰

　　小说第二部分的叙述者是家里最大的兄弟昆丁。昆丁是智力正常的人,他叙述的是他生命的最后一天,他在准备着离开人世。在这种特殊情况下,他的思绪也一样是杂乱无序的。此时的昆丁在哈佛大学读书,本是家族的唯一希望。由于家里经济已经不好,为了送他去哈佛读书,康普生先生已经把班吉名下的牧场卖掉了。可是,昆丁却无法承受时间的流逝带来的家族的没落,决定用结束自己生命的方式来阻止时

---

①　戴维·明特.福克纳传[M].顾连理,译.上海:东方出版中心,1994:111.
②　威廉·福克纳.喧哗与骚动[M].李文俊,译.杭州:浙江文艺出版社,1992:50.

间的前行。

在这个特殊的早晨，昆丁一醒过来便感到了时间带给他的压力。他一清醒便听到了手表嘀嗒嘀嗒的声音。康普生先生把这只祖上传下来的手表给了昆丁，其实是希望昆丁能偶尔忘掉时间，他对儿子说："我把表给你，不是要让你记住时间，而是让你可以偶尔忘掉时间，不把心力全部用在征服时间上面。因为时间反正是征服不了的，……甚至根本没有人跟时间较量过。这个战场不过向人显示了他自己的愚蠢与失望，而胜利，也仅仅是哲人与傻子的一种幻想而已。"①然而，遗憾的是，身处波士顿哈佛大学的昆丁，根本做不到忘记时间。除了自己的手表之外，他处处都受到时间的提醒：教堂的钟每过一刻钟便准时报时，提醒他时间的存在；工厂汽笛的鸣响，提醒他时间的存在；街上的钟表店，同样提醒他时间的存在；连天上的太阳，都在提醒他时间的存在："天上有一只时钟，高高地在太阳那儿。"②

昆丁的记忆大多跟凯蒂的失贞有关。让凯蒂失贞的人是达尔顿·艾密司，昆丁一再重复这个名字，可以看出他对这个人的恨意。事实上，他还为此跟达尔顿·艾密司斗殴过，因为达尔顿·艾密司在昆丁眼里不是一个配得上凯蒂的人。他觉得妹妹的失贞有损家族的颜面，他甚至跟父亲撒谎，说凯蒂之所以失贞是因为跟他乱伦。昆丁和凯蒂的关系一直是学术界争论不休的问题。他们虽然是亲生兄妹，但昆丁对凯蒂的感情似乎超出了兄妹之情。所以，凯蒂的失贞不但令昆丁无法接受，而且成了他的心病。他不但向父亲撒谎说他和凯蒂乱伦，还希望自己能跟凯蒂一起下地狱："这个世界之外真的有一个地狱就好了，纯

---

① 威廉·福克纳.喧哗与骚动[M].李文俊，译.杭州:浙江文艺出版社,1992:79.
② 同上，第87页。

洁的火焰会使我们两人超越死亡。到那时,你只有我,我一个人,只有我一个人。到那时,我们两人将处在纯洁的火焰之外的火舌与恐怖当中。"①他曾力劝凯蒂不要嫁给赫伯特,一直骂赫伯特是流氓,说他在学校时品行不端,打牌耍花招,考试作弊,最终还被开除了学籍。他建议凯蒂和他带着班吉一起出走:"你何必非要嫁人?听着,我们可以出走,你,班吉和我,到谁也不认识我们的地方去。"②

昆丁无法接受凯蒂的失贞,在这点上,他的父亲康普生先生倒是更理性。康普生先生曾对昆丁说:"女人从来就不是童贞的。纯洁是一种否定状态,因而是违反自然的,伤害你的是自然而不是凯蒂。"③但是,昆丁还是无法接受这一事实。为了阻止时间的进程,昆丁把表的指针都拧了下来。"我来到梳妆台前拿起那只表面朝下的表。我把玻璃蒙子往台角上一磕,用手把碎玻璃渣接住,把它们放在烟灰缸里,把表针拧了下来也扔进了烟灰缸。"④但是,无济于事,"表还在嘀嗒嘀嗒地走"⑤。在他准备离开人世的那一整天,他尽力避免看到钟,避免听到学校的钟声和同样定时响起的工厂的汽笛声,但是,徒劳无益。最后,他只好结束自己的生命以彻底跟时间告别。

① 威廉·福克纳.喧哗与骚动[M].李文俊,译.杭州:浙江文艺出版社,1992:122.
② 同上,第 129 页。
③ 同上,第 121 页。
④ 同上,第 84 页。
⑤ 同上,第 84 页。

杰生的残酷自私

　　小说的第三部分是第三个兄弟杰生叙述的故事。这部分虽然穿插了一些记忆中的事情,但基本上还是根据时间顺序来叙述的。班吉是傻子,昆丁自杀了,凯蒂离开了家里,康普生先生去世了,除了黑人仆人,家里唯一的男人就是杰生。杰生奉行的却是绝对的因果定律。这部分一开始,读者便看到了杰生的理论:"我总是说,天生是贱胚就永远都是贱胚。"①这也是他对姐姐凯蒂的定性。杰生是个实用主义者,从小就跟邻居家的孩子做风筝卖,由他管账。等到有经济纠纷时,他便不干了,换个合作伙伴继续做生意。对于钱财,杰生非常贪婪,所以,他背地里贪污了凯蒂寄回家给母亲抚养小昆丁的支票,又克扣了凯蒂寄给小昆丁的零用钱。每次在凯蒂要求下给凯蒂发电报告知小昆丁的情况时,连发电报的钱都是采取到付的方式,也就是说,要接收电报的凯蒂付这个钱。他把钱攒下来藏在卧室里,最终却被小昆丁发现了。小昆丁把钱全部偷走,并逃之夭夭。

　　杰生自私、冷酷、没有人情味,他对所有的人都很残忍。凯蒂结婚时,她丈夫曾经答应在银行里给杰生谋个差事,但是,此事因为凯蒂的离婚而泡汤了。杰生因此怀恨在心,认为凯蒂必须补偿他没有得到差事所带来的损失。他不但认为凯蒂寄钱回家抚养小昆丁是应该的,而且认为他从中得利也是无可厚非的。他对凯蒂丝毫没有姐弟之情,对

---

　　① 威廉·福克纳.喧哗与骚动[M].李文俊,译.杭州:浙江文艺出版社,1992:184.

凯蒂的遭遇也没有同情之心。康普生先生去世的时候,凯蒂悄悄回来,要求杰生让她看一眼亲生女儿小昆丁,杰生居然要价100美元才答应安排这次见面。他坐着马车,抱着小昆丁在车窗前露出脸来,真的只是让路边的凯蒂看了一眼,然后便驾车疾驰而去,任由凯蒂在后面跟着马车徒劳无益地追赶。

对于姐姐凯蒂送回家来抚养的小昆丁,作为舅舅的他同样没有人情味。一开始,他对送回来的小昆丁颇不以为然,觉得她又给家里增加了负担。对小昆丁的逃学和厮混,他教育她的方式十分粗暴,甚至用皮带抽打她。除了寄给母亲的用以抚养小昆丁的生活费,凯蒂还另外给小昆丁寄零用钱。可是,杰生并没有把它如数转交给小昆丁。他通过威胁的方式骗取了小昆丁的签名,然后只给小昆丁10美金,其余的就私下扣留了。而每次凯蒂寄给康普生太太的生活费,也都被杰生拿走。因为康普生太太不接受凯蒂的钱,每次都把她寄来的支票烧了。杰生于是用一张假支票代替真支票。也就是说,每次康普生太太烧掉的只是假支票,真的却被杰生兑换成现金拿走了。

杰生不但对凯蒂很冷酷,对他身边所有的人都一样:从他的父母到兄弟姐妹,从家里的黑人到他的情妇。对于弱智的弟弟班吉,他谈到他时总是带着讽刺挖苦的意味,说他待在屋子外面是丢人现眼,[1]在"给人家展览",还说可以"把班吉送进海军,反正进骑兵是不会错的,因为骑兵队里是要用骟过的马的"。[2] 他甚至还说:"还是把他租给那个马戏班子去当展品吧,世界这么大,总有人愿出一毛钱来看他的。"[3]他还

---

① 威廉·福克纳.喧哗与骚动[M].李文俊,译.杭州:浙江文艺出版社,1992:190.
② 同上,第199页。
③ 同上,第199页。

动不动就说要把班吉送到疯人院去。凯蒂离开家前,最担心的就是班吉会被送到疯人院去,为此,她还求过昆丁,要他答应不要让家里人这么做。遗憾的是,昆丁哈佛没毕业就自杀了,根本无法关照此事。每次杰生说这类话,康普生太太就只会哭泣,但杰生根本不顾母亲的难受心情,毫不收敛对班吉的挖苦和讽刺。

对于把他视为唯一依靠的母亲,他虽然表面上不得不听她的话,但总不忘用言语讽刺她。他曾经对康普生太太这么说:"我压根儿没工夫谴责您的良心。我没机会上哈佛大学,也没时间整天醉醺醺直到进入黄泉。我得干活呀。不过,当然了,若是您想让我跟踪她,监视她干了什么坏事没有,我可以辞掉店里的差事,找个晚班的活儿。这样,白天我来看着她,夜班嘛您可以叫班吉来值。"①杰生这段话既讽刺去上了哈佛大学却在那里自杀的哥哥昆丁,又讽刺了因为酗酒而去世的父亲,还讽刺了弱智的弟弟班吉,因为班吉是个傻瓜,根本不可能值什么夜班来跟踪小昆丁的行踪。而听到这种话,康普生太太马上便哭了起来。杰生自然也知道这话对母亲的打击有多大,可他没有安慰母亲,当他母亲说"我只不过是你们的累赘和负担"时,他继续讽刺道:"这我还不清楚吗?……你说这样的话都说了有 30 年了。连班吉到这会儿也该明白了。"②所以,迪尔西曾经说过杰生:"只要你在家,我没一刻不听见你在骂骂咧咧,不是冲着昆丁和你妈妈,就是对着勒斯特和班吉。"③可见,杰生对他的妈妈态度不好,对根本不明白事理的班吉同样态度不好。在小昆丁逃跑的那天早晨,杰生情急之下甚至叫他妈妈"傻老婆子"。

---

① 威廉·福克纳.喧哗与骚动[M].李文俊,译.杭州:浙江文艺出版社,1992:185.
② 同上,第 185 页。
③ 同上,第 276 页。

对自己的亲人如此,对与他有关系的人自然更不会好到哪里去。杰生在孟菲斯有个情妇,叫洛仓。对这个颇为想念他的情妇,他只允许她给他写信,绝对不让她给他打电话,威胁说如果她想给他打电话,那"在拨号码之前先从一数到十,好好考虑考虑"①。他只把他们的交往看成是一种金钱和欲望的交易,说自己去找她不过是玩女人的哥们儿中的一个,绝口不谈感情。他对她也丝毫没有感情可言,更不管她对他是否有感情。每次看完洛仓的来信,他就立马烧掉。他的原则就是:"绝对不保留女人给我的片纸只字,我也从不给她们写信。"②甚至对雇他工作的老板,他也没有丝毫的尊重或者敬畏。其实,他之所以获得这个当店员的工作,完全是因为康普生太太,是人家看在他母亲的面子上才雇他的。但是,他在店里工作并不卖力,所以,连老板都说:"我看你这人是永远不愿为做买卖吃点苦的。"③

自然,对待家里的黑人,杰生更不会有好的态度。他称这些人为"黑鬼",从骨子里蔑视他们,经常抱怨他们什么也不干,却要他挣钱来养活。一个例子便是,镇里有戏班子来演出,他手里有两张赠票。虽然他自己根本不想去看,但他也决不把票送人。家里的黑人小孩勒斯特很想去看戏,却苦于没有钱购买戏票,知道杰生有票后,央求杰生送一张给他。杰生却要求勒斯特出五分钱购买。因为勒斯特没钱,杰生便当着勒斯特的面把两张戏票全烧了。杰生的冷酷无情在这件事上得到了充分的体现。杰生对金钱的贪婪和看重,使他在发现钱被小昆丁偷走后恼羞成怒,大发雷霆,不顾一切地去追赶小昆丁,最终却因自己头

---

①　威廉·福克纳.喧哗与骚动[M].李文俊,译.杭州:浙江文艺出版社,1992:197.
②　同上,第 197 页。
③　同上,第 213 页。

疼难忍,只好打道回府。

迪尔西的善良忠诚

　　值得一提的是,家里的黑人老用人迪尔西。这个声称"我看见了初,也看见了终"①的老用人善良、勤劳,这个家里的孩子都是她一手带大的,而且,"她'尽心尽力'填补一对没有爱、没有信仰的父母在这些孩子的生活中造成的空虚"②,她对所有的人都一视同仁,慈爱有加。对傻子班吉,她从来不嫌弃他,不讨厌他,也从不忽视他。班吉生日,她会给他买蛋糕,给他庆祝生日,哪怕班吉自己根本不知道。她总是带着班吉去教堂,不管别人怎么议论。当班吉哼哼唧唧不停时,她会抱着班吉的头安慰他,一前一后地摇着,不厌其烦地帮他擦淌出来的口水。康普生先生去世时,凯蒂偷偷回来,想看看自己的孩子,杰生收了凯蒂100美元却只让凯蒂看孩子一眼,迪尔西出于善良,悄悄安排凯蒂见了小昆丁和班吉。小昆丁逃学时,杰生要动手惩罚她,还是迪尔西站出来保护小昆丁,不让杰生打她。

　　迪尔西即使年纪大了,行动已经不太方便,但仍然拖着沉重的步子上楼下楼,做自己分内该做的事。迪尔西一大早起来抱柴生火做饭的情景展示了一个忠诚的黑人老仆人的形象:

　　　　过了一会儿她又出现了,这回拿了一把打开的伞。她迎风斜

---

　　①　威廉·福克纳.喧哗与骚动[M].李文俊,译.杭州:浙江文艺出版社,1992:298.
　　②　戴维·明特.福克纳传[M].顾连理,译.上海:东方出版中心,1994:111.

举着伞,穿过院子来到柴堆旁,把伞放下,伞还张着。马上她又朝伞扑去,抓住了伞,握在手里,朝四周望了一会儿。接着她把伞收拢,放下,将柴火一根根放在弯着的臂弯里,堆在胸前,然后又拿起伞,好不容易才把伞打开,走回到台阶那儿,一边颤颤巍巍地平衡着不让柴火掉下,同时费了不少劲把伞合上。最后她把伞支在门角落里。她让柴火落进炉子后面的柴火箱里,接着脱掉大衣和帽子,从墙上取下一条脏围裙,系在身上,这才开始生火。[①]

从这里可以看出,迪尔西已经老了,体力不行了,但她还是家里最早起床的一个,不时回应着康普生太太的叫唤,在楼梯上爬上爬下。她只能"一级一级地挪动脚步,就像小小孩那样,手依旧扶着墙"[②]。即使这样,迪尔西对生活的态度仍然是乐观向上的,我们可以看到,她一边做早饭一边唱着歌。虽然那是支"重复、哀伤、悲戚、质朴的歌子"[③],但好歹也是一种调节。这种态度比杰生和康普生太太的一味抱怨积极乐观多了。

小昆丁从小就被母亲送回家里抚养,而康普生太太又不允许凯蒂回来看女儿,甚至不让家里人提凯蒂的名字。一个没有父母照顾的孩子,心里的失落可想而知。虽然康普生太太和迪尔西对她很好,但是偏偏有杰生这个自私而冷酷的舅舅,小昆丁的成长没有往良性道路上走。这跟杰生对他的严厉管教是不无关系的。小昆丁就曾对杰生说过这样

① 威廉·福克纳.喧哗与骚动[M].李文俊,译.杭州:浙江文艺出版社,1992:266.
② 同上,第 271 页。
③ 同上,第 269 页。

的话:"如果我坏,这是因为我没法不坏,是你逼出来的。"①在小昆丁偷了杰生放在家里的钱逃跑以后,杰生去警署要求警长跟他一起去追踪小昆丁,把钱追回来。警长也说:"这姑娘的出走是你逼出来的。"②警长还说:"而且我还有点怀疑,这笔钱到底是应该属于谁的,这桩公案我琢磨我是一辈子也弄不清的。"③可见,杰生是怎么对待小昆丁的,不但家里人知道,连外人也知道。再者,杰生把凯蒂寄给她妈妈的钱据为己有,且克扣凯蒂寄给小昆丁的零用钱等事,兴许别人也不是没有耳闻。所以,对于小昆丁,杰生这个舅舅不但没有给她关爱,而且给她带来了伤害。而迪尔西的善良给这个没有父母关心的孩子带来的不但是生活上的照顾,还有精神上的慰藉。正如杨金才教授评论的,迪尔西是个"具有坚定信念、闪耀着人性光辉的平凡朴实的黑人老妇人形象"④。

一首唱给美国南方的挽歌

　　一个曾经显赫一时的南方大家族就这么没落了。整个故事的叙述采用现代主义流行的意识流方式。第一部分是用傻瓜班吉的口吻叙述的,所以,故事没有时间顺序,发生的事情一会儿是现在的,一会儿是过去的,是"将过去置于现在的观点下,将现在置于过去的观点下"⑤,给

---

①　威廉·福克纳.喧哗与骚动[M].李文俊,译.杭州:浙江文艺出版社,1992:260.
②　同上,第302页。
③　同上,第302页。
④　杨金才.新编美国文学史:第三卷[M].上海:上海外语教育出版社,2002:361.
⑤　戴维·明特.福克纳传[M].顾连理,译.上海:东方出版中心,1994:109.

读者的阅读带来困难。第二部分是昆丁叙述的,因为这是昆丁在人世的最后一天,他的思绪也是混乱的,想起了很多跟妹妹凯蒂及家里有关的事。第三部分的叙述者杰生比较理性,虽然也有一些回忆的部分,但不至于杂乱无序。到第四部分,已经完全是正常的叙述手法了。所以,小说是从非理性到理性的渐进,也是从内心世界到外部世界的渐进。

时间的流逝带来的变化及如何面对这些变化,这是小说的主题之一。从时间角度来说,弱智的班吉对时间毫无概念,所以他的思绪是杂乱无序的。昆丁却深受时间的困扰,拼命想摆脱时间,最终为了让时间彻底停止而采取了自杀的行为。杰生对时间的看法则是机械的。他认为凯蒂导致他丢了银行的工作,凯蒂就得为此补偿他,所以,他把凯蒂寄回家的钱占为己有以及克扣小昆丁的零用钱就是合情合理的。但是,作为佣人的迪尔西却相信时间是永恒的。在迪尔西劳作的厨房里,壁钟代表着秩序和安宁。迪尔西还自称看到了康普生家族的始终,但她也接受了这一切变化都是时间带来的事实。

小说虽然没有一个部分是由家里的女儿凯蒂叙述的,凯蒂却是全书的中心。对班吉来说,凯蒂象征着无私的母爱。班吉虽然是傻子,对但是可以感得到凯蒂对他的爱。所以,凯蒂离家后,班吉对她的思念是最令人动容的。只要听到凯蒂的名字,他就会叫唤不停;看到凯蒂留下的东西,他也会哼哼唧唧。而对昆丁来说,凯蒂代表的是美国南方的旧有传统。凯蒂必须是南方贵族的代表,高贵、纯真、纤尘不染。所以,凯蒂失贞于达尔顿·艾密司,继而嫁给一个在他眼里是个无赖的赫伯特,这一切昆丁根本无法接受。他无法面对时间的流逝带来的社会变化,无法面对美国南方的传统随着南北战争的结束而一去不复返的事实,最终投河自尽。而对杰生来说,凯蒂意味着工作和钱。如果凯蒂没有离婚,他便能拥有赫伯特承诺给他的银行的职位。但是,凯蒂最终离婚了,把小昆丁送回家里抚养,这给了杰生从凯蒂和小昆丁身上得到钱的机会。所以,在整部小说里,虽然凯蒂自结婚后就是个不在场的人物,但她始终是整部小说的核心人物。

小说的题目来自莎士比亚的著名悲剧《麦克白》第五幕第五场:"人生不过是一个行走的影子,一个在舞台上指手画脚的拙劣的伶人,登场片刻,就在无声无息中悄然退下;它是一个愚人所讲的故事,充满着喧哗和骚动,却找不到一点意义。"①小说题目的寓意可谓精彩。人生如戏,每个人都在人生这个大舞台上扮演一个角色。但是,人生的归宿就是最后的死亡,不管其间发生了多少故事,辉煌也罢,失败也罢,再多的喧哗,再多的骚动,不过都是最终会过去的过眼云烟,从这个角度来说,人生毫无意义,确实是一条真理。《喧哗与骚动》,无疑是唱给美国南方社会的一首凄婉的挽歌。

① 威廉·莎士比亚.麦克白[M].朱生豪,译.莎士比亚全集:八.北京:人民文学出版社,1978:386-387.

第七章 ／ 一首唱给美国南方的挽歌

8

明天又是另外一天了

——《飘》赏析

　　仅仅写了一部作品就名扬天下并在文坛上占有一席之地的作家是绝无仅有的,而美国女作家玛格丽特·米切尔(Margaret Mitchell,1900—1949)就是这样一位绝无仅有的作家。米切尔出生于美国南方城市亚特兰大。父亲是个律师,是亚特兰大历史协会的创始人之一,以智慧及严谨著称,且酷爱读书。母亲也受过良好教育,颇具女性主义思想,支持妇女应有的合法选举权。米切尔对文学颇有兴趣,中学时就参加了文学俱乐部,在学校的年鉴上发表作品。因为母亲去世,米切尔只上了一年大学便回家帮父亲和哥哥料理家务。后来,她担任过《亚特兰大新闻报》的记者。因为身体不太好,再加上一次脚踝扭伤而无法继续工作,待在家里的米切尔阅读了大量关于内战的书籍。于是,她开始萌发创作一部关于内战的小说的想法。起先,她的写作并不是很认真,只是随便为之,也没有打算出版,后来是在一个好友的敦促下才准备出版成书的。出版该书的麦克米兰出版公司自然也是功臣之一。长篇巨著《飘》(*Gone with the Wind*)终于于 1936 年问世,顿时引起轰动,成了"世界出版界的爆炸性事件"[①]。除了美国,世界各国纷纷出版《飘》的译本。1937 年,《飘》获得普利策奖,1939 年获南方协会金质奖章。不

---

　　① Ellen F. Brown and John Wiley, Jr.. Margaret Mitchell's Gone with the Wind [M]. New York: Taylor Trade Publishing, 2011:1.

幸的是,1949 年,米切尔遭遇车祸身亡。她短暂的一生并未留下太多作品,但只一部《飘》就足以奠定她在世界文学史上不可动摇的地位。

《飘》：出版界的一个奇迹

《飘》是米切尔唯一一部文学作品,一经问世便成了美国小说中最畅销的作品。自 1936 年出版之日起,这部有关美国内战时期的罗曼史打破了所有的出版纪录,成了出版界的一个奇迹。到 1937 年 6 月,也就是《飘》出版一周年时,销售量已达 135 万册,平均每天 3700 册。有人测算过,如果把一年间出版的《飘》一册一册摞起来,高度将达 35 英里。如果把所有的书一页一页地摊开相连,长度将达 92000 英里,可以绕地球三周半。单单把书的封面铺开放在一起,也会超过 425 英亩。但是,这一畅销书并不只是畅销一时。1937 年,《飘》位居最畅销书单的版首。到 1938 年出版两周年时,该书的出版量已经达到 150 万册。1939 年,《飘》被改编成电影《乱世佳人》,这部电影也成了美国电影史上的经典之作,一举夺得八项奥斯卡奖。几十年来,《飘》一版再版,一再重印。1986 年,《飘》出版 50 周年时,麦克米兰公司印了 6 万册 1936 年 5 月版的仿真本,很快便宣告售罄。那年夏天,《飘》再次荣登《纽约时报》畅销书榜单达五星期之久。仅仅在 2010 年一年,《飘》在美国及其他国家就印了 3000 多万册。阿曼达·菲尔兹(Amanda Fields)说:

"这部从未绝版的小说已经吸引了各种各样、对之痴迷的读者。"①

《飘》及其主题

　　作者玛格丽特·米切尔出生于 1900 年,自然没有经历过美国南北战争。但是,由于亚特兰大在美国内战期间曾经被北方军攻陷,落入北方军将领舍曼之手,所以,这段历史成了亚特兰大市民十分热衷的话题。米切尔从小听到许多有关这段历史的谈论,萌发了创作以美国南北战争为题材的小说以后,她更加广泛地阅读关于内战的书籍、报纸报道、日记、政府档案以及关于佐治亚战前生活的描述,等等。米切尔的父母是经历过美国内战的,父母亲战时写的信件也是她获取小说素材的来源。写作过程中,她还去采访了不少经历过内战的老人,核实了大量细节。后来,米切尔几经修改,终于使小说成了一本举足轻重的世界名著,至今魅力经久不衰。正如有的出版商所说,《飘》的读者是一代接一代的。老一辈读者有之,中年一代亦不乏其人,年轻读者的数量更是大得惊人。

　　小说以美国内战为背景,讲述了战前、战中和战后的故事。女主人公郝思嘉出身于南方种植园家庭。内战爆发以前,她过着富足的种植园主家千金小姐的生活。然而,内战打破了一切平衡。她的第一任丈夫在内战中不幸病逝,她年纪轻轻便转眼成了寡妇。四年内战让美国

---

　　① Amanda Fields. Margaret Mitchell's *Gone with the Wind* [M]//Ed. in chief, Jay Parini. The Oxford Encyclopedia of American Literature.上海:上海外语教育出版社,2011:153.

南方成了满目疮痍的荒凉之地,百姓生活非常艰难。为了保护家园,郝思嘉历经千辛万苦,通过各种方式,包括利用心仪她的男人,才保住了自家的种植园塔拉。为了摆脱经济上的困窘,她自己开锯木厂,低价雇用囚犯当工人,以获取最丰厚的利润。在这过程中,她违心嫁给了本来会是她妹夫的弗兰克,后又嫁给爱她的白瑞德。但她自私,对金钱很贪婪,还不懂得珍惜白瑞德的爱,这都让白瑞德倍感失望,最终离开了她。

有人认为,《飘》只是一部爱情小说。其实,《飘》的主题是多层面的。首先,它是一部战争小说。《飘》的故事背景是美国内战,即美国南北战争。以这个背景为基础,故事才有了生长的土壤。其次,《飘》也是一部历史小说。因为它反映了美国内战期间的一些真实背景和场景。作者创作小说时,并非凭空想象。小说的创作素材,一是取材于作者从小听大人讲的真实故事。在米切尔的叔叔婶婶辈中,很多都是亲历过南北战争的人。同时,为了让自己小说中的很多细节更真实可信,也为了避免日后读者的质疑和否定,作者采访了很多内战的亲历者,对很多史实进行了核实。有趣的是,"很多美国人都声称,他们对美国内战的大多数知识都是从这本小说里读来的"①。

《飘》当然也是一部爱情小说,这点也是读者最为认同的。但是,郝思嘉的爱情世界被放置在战争的背景之下,这个爱情故事便有了更深刻的含义。我们都知道海明威的作品《永别了,武器》。这部作品描述的是发生在第一次世界大战中的一个爱情悲剧,因其反战主题和战争给人类带来的痛苦而闻名于世,为此,这部作品也成了海明威的代表作

---

① Amanda Fields. Margaret Mitchell's *Gone with the Wind*[M]//Ed. in chief, Jay Parini. The Oxford Encyclopedia of American Literature.上海:上海外语教育出版社,2011:153.

和名著。和《永别了，武器》一样，《飘》也有同样的价值判断。这部作品虽然没有鲜明的反战主题，但是，在描述战争给美国南方带来的痛苦方面，其价值并不亚于《永别了，武器》。只不过《永别了，武器》中的男女主人公爱得真诚，爱得专一，而《飘》的女主人公郝思嘉却因为自己的倔强和自私而一再嫁给自己不爱的男人。从故事开始到小说结束，她最终才意识到自己真正爱的男人是谁。《永别了，武器》中，亨利最后失去了凯瑟琳，而郝思嘉最后也失去了白瑞德。

郝思嘉：生活的强者

《飘》虽是一部战争小说，但作者米切尔并没有把着眼点放在战场上。除了亚特兰大失陷前五角场上躺满伤病员那悲壮的一幕外，其他战争场景并没有花费作者过多的笔墨。作为第一部从南方女性视角来叙述美国内战的小说，米切尔着重描写了留在后方家里的妇女饱受战乱之苦的体验和感受：从战争伊始对战争怀有的崇敬心理、对战争全然的支持，到因战争而带来的失去亲人的痛苦、不得不屈服于失败的命运以及战后立志重建家园的艰辛历程。战争失败了，有的人因此而意志消沉，失去了原有的斗志，无法调整好自己的心态，面对战后支离破碎的生活；另外一些人则克服了失败的心理，凛然面对严酷的现实，成了生活中不畏困难、重新在生活旅途上前行的强者。

这其中就有女主人公郝思嘉，正如杨仁敬教授所说："她遭遇过不少困难、挫折和失败，有时几乎处于绝望的边缘，但她总是知难而进，逢凶化吉，渡过一道道难关，顽强地生存下去。"①应该说，小说中最具吸引力的人物非郝思嘉莫属。出身种植园主家庭的思嘉年轻漂亮，个性鲜明。然而，不幸的是，在尚属青春年少的 16 岁花季，她就遭遇了情场失意的痛苦。她爱上了风度翩翩的邻居卫希礼，可卫希礼却娶了善解人意的表妹媚兰。雪上加霜的是，战乱接踵而至，整个南方社会不得不投身纷飞的战火之中。在残酷的战争和艰辛的生活这双重重压之下，历经磨难的郝思嘉成了一位 28 岁的成熟女性。

郝思嘉的父亲郝嘉乐是个爱尔兰移民，身无分文的他只身来到美国，通过玩一手好牌和喝酒的海量赢得了一片红色的土地，几经创业把它发展成一个收入颇丰的种植园。思嘉的母亲出身于海滨城市萨凡纳的名门望族，因为情场失意赌气嫁给了比她大将近 20 岁的郝嘉乐。作为他们的大女儿，思嘉既沿袭了父亲豪爽、粗犷、不拘小节、脾气暴躁的性格，又自小受到母亲良好家教和道德观念的教诲，所以，她的性格是个矛盾的统一体。她既想做个像她妈妈那样有大家闺秀风范的淑女，骨子里又有背叛妈妈的道德框框的反骨。米切尔这么描述郝思嘉："在那张极其恬美的脸上，她那绿色的双眸显得骚动不宁，狡黠任性，而且生气勃勃，与她那似乎很有教养的行为举止极为不符。她那副仪态纯粹是平日里她母亲的温和训导以及她的黑人嬷嬷的严厉管教之下形成的，而这一切都是别人强加给她的。只有她的双眸才是与生俱来、能显示她本性的地方。"②可见，思嘉虽然表面上是个贤淑女性，但本性并非如此。她血管里流着的是融合了父母亲性格特点、充满矛盾的血液，这造就了她敢爱敢恨、认定自己的目标便勇往直前、不择手段的性格特点。

---

① 杨仁敬.20 世纪美国文学史［M］.青岛：青岛出版社，2000：486.
② 玛格丽特·米切尔.飘［M］.李美华，译.南京：译林出版社，2017：3-4.

小说《飘》出版后,美国评论界对郝思嘉的性格莫衷一是,有人把郝思嘉说成是一个毫不足取的女性,认为她自私自利,不顾别人,除了她珍贵的皮肤、土地和钱财以外,什么也不看重。在感情方面,她一再嫁给自己不爱的男人,即使在跟白瑞德结婚以后,心里也还想着初恋卫希礼。而她购买锯木厂、剥削囚犯劳动之举,更是为人所不齿。然而,作为纷繁复杂的社会的一员,人的性格绝对不可能是单一的。所以,既没有绝对的好人,也没有全然的坏人。人只能是个多面体,人的性格也只能是多种性格特点的总和。主人公郝思嘉就是这样的多面体之一。在郝思嘉身上,我们可以很清楚地看到传统与反传统的冲突在她身上的体现。毋庸置疑,她的性格有不足取的一面,但同样也有为人欣赏的一面。尽管她有这样那样的缺点,但她还是受到广大读者的欢迎,而使这一点成为可能的正是她性格中为人欣赏的那一面。

郝思嘉虽出生于南方种植园主家庭,但从小就是个与众不同的女孩。思嘉的母亲埃伦"是在有着大户人家淑女风范的传统中长大的,良好的家教教会了她如何忍辱负重,同时又能魅力犹存。她打算把三个女儿也调教成出身名门的大家闺秀"①。但是,思嘉从小就不喜欢跟娴静的小女孩玩,她的玩伴是种植园的黑人小孩和左邻右舍的小男孩。她跟着男孩一起爬树、扔石头,从小就表现出性格中比较野性的那一面。这样一个孩子长大后自然对南方上流社会那些条条框框有着天生的反感。她讲究实惠,认准了自己的目标就不顾一切地去实现它,根本不管她采用的方法和她置身其中的社会准则相符不相符。这一点,从她一开始向卫希礼明确表示爱意就可以看得出来。听说卫希礼要跟表

---

① 玛格丽特·米切尔.飘[M].李美华,译.南京:译林出版社,2017:60.

妹媚兰订婚后,思嘉不顾一切找到希礼,一开口就明确说"我爱你"。被希礼拒绝之后,她怒不可遏,挥手打了希礼一个耳光,在他脸上留下了鲜红的手指印。希礼走后,她更是怒火中烧,抄起一个陶瓷花钵狠狠地向壁炉摔去。从求爱到摔花钵,都绝不是一个南方上流社会的女子会做的,所以,白瑞德会说她不是淑女。确实,郝思嘉跟亚特兰大上流社会的那些人格格不入,这招致他们的颇多指责和评判。可是,思嘉的信条没有改变,这就是:不管战争把原有的美好生活变得多么面目全非,不管社会发生了什么样的变化,她都要不惜一切代价生存下去,她必须竭尽全力保住塔拉——那是在她陷入困境时会给她力量的土地。而在她为生存而奋斗的过程中,她性格中为人称道的一面也就凸显了出来。

米切尔在书中刻画了诸多南方妇女的形象。通过对比,郝思嘉毫不虚伪、充分表现"真我"的性格特点便在读者面前一览无遗。在故事发生的那个年代,南方上流社会对妇女的要求是颇为苛刻的。女孩子要让先生们欣赏,很重要的一方面就是要伪装自己,把真正的自我隐藏起来。不管这个女孩多么聪明,多么有主见,她在男人面前都要表现得很柔弱、很无知。她们最好是胆小如鼠的懦弱女子,一见到老鼠就跳到凳子上去;一听见令人惊愕的事就要晕过去;在别人家吃东西要像小鸟一样少,哪怕是别人宴会上有许多美味佳肴而自己也很想品尝也白搭;对先生们说话要表现得尽量无知,即使她们认为先生们其实很愚蠢,她们也还得假装崇拜他们的样子,要不时违心地对先生们夸上几句。这么做的目的无非是能合乎上流社会的习惯和所谓的美德,能找一个体面、尊贵、有钱的丈夫;而一旦结了婚,她便成了男人的附庸,成了生儿育女的机器,而结了婚的女人自己亲自打点生意,就算她的丈夫是个很不精明的生意人,那也是离经叛道的行为,是绝对行不通的。然而,郝思嘉对所有这一切都嗤之以鼻,对这一切都发起了义无反顾的挑战。

作者对思嘉的反叛行为最集中的描述就是她怂恿卫希礼和她私奔以及她婚后自己经营锯木厂这两件事情。年方二八的郝思嘉爱上了貌似风流倜傥的邻居卫希礼。遗憾的是,卫希礼却要和他的表妹媚兰结婚了。思嘉为了得到自己的所爱,采取了大胆的行动。在宣布卫希礼和媚兰要订婚的野餐会上,思嘉想办法单独面见希礼,坦言自己对他的爱情,怂恿他和自己私奔。遭到拒绝后,思嘉毫不犹豫地给了他一巴掌。而后,为了报复,她不假思索地嫁给了媚兰的哥哥查理。读者可以想象,在当时传统习俗根深蒂固的美国南方,一个女孩子做出这样的举动要有多大的勇气。郝思嘉在这个问题上表现了她敢爱敢恨的个性,一如她一开始对白瑞德的恨意。她不像别的女孩,把爱深埋在心里,不敢对自己所爱的人言明。在她看来,哪怕有一线希望,也应该争取得到自己的幸福。

作者对郝思嘉表现真我的个性刻画还体现在另外一件事情上。那就是,郝思嘉在嫁给第二任丈夫弗兰克后,自己借钱买下了一家锯木厂。让全体亚特兰大人目瞪口呆的是,她居然亲自经营锯木厂,根本不理睬对她此举持反对意见的丈夫。按照亚特兰大传统的思维,嫁给弗兰克后的思嘉应该安分守己,让开店的弗兰克养活自己,自己在家里当个相夫教子的太太。可是,思嘉不但在弗兰克生病时接管了店铺的生意,让弗兰克在邻里乡亲面前抬不起头来,而且私自买下了锯木厂,当上了名副其实的女商人。这个举动虽然算不上大逆不道,可对女人来说也是非常出格的。更令亚特兰大人气愤的是,她凭着自己的姿色和独特的经营方式,挤垮了同行中的男性竞争对手,成了木材行业里的佼佼者。思嘉的举动成了别人议论的中心，闲言碎语、造谣中伤铺天盖地而来。然而，思嘉对这一切置之不理，照样我行我素，朝自己认准的目标前进。其实，思嘉在这一点上的做法正是现代社会中商场竞争的写照。竞争应该对每个人都是平等的，男人也罢，女人也罢。强者存，弱者汰。从这点上说，19 世纪的郝思嘉倒是有了超前的竞争意识和竞争能力。

思嘉的性格中最能给人鼓舞的就是她面对现实、不畏困难的精神。综观郝思嘉的一生，从故事开篇情场失意开始，打击一个连着一个。如果不是能够面对现实这一点支撑着她，她早就被挫折、困难打倒了。16 岁经历失恋的痛苦，紧接着是丧夫的伤痛，年仅 17 岁便成了有一个儿子的寡妇。如果说这一切都还只是个人生活上的不幸，那席卷整个南方的战乱给她带来的痛苦就是人所共知的了。小说中有这么一幕：亚特兰大失陷前夕，郝思嘉拖着刚刚生过孩子的奄奄一息的媚兰和自己被炮火及北方军吓坏的孩子逃离亚特兰大，历经千辛万苦回到塔拉。思嘉从小崇拜妈妈，一有困难就去寻求妈妈的保护。此时的她之所以一心要回家，是因为她认为到家了就可以卸下自己肩头的担子，天塌下来自有爸爸妈妈去顶，回到家后的她又可以过上少女般无忧无虑的日子了。殊不知，正当思嘉为塔拉没有被无情的战火摧毁感到庆幸时，一场更大的灾难正等着她。回到家的她愕然发现，妈妈在前一天刚刚去世，爸爸因为妈妈的辞世茫然无措，近乎呆傻。家里十来张嘴要吃饭，而塔拉种植园留给她的却几乎是一无所有。米切尔这么描述这个场景：

从亚特兰大到塔拉的漫长旅途结束了。尽头本来应该是埃伦的双臂的，现在却成了一扇没门也没窗的墙。思嘉再也不能像个孩子一样躺下来,躲在她父亲的屋顶下,有妈妈的爱像一床鸭绒被一样紧裹着她,保护着她。可现在,她再也没有可以寻求避难的安全地和避难所了。没有别的路口或途径可以使她走出已经到达的这条死路。没有人可以卸下她的负担,放在自己的肩上。她父亲老了,茫然不知所措;妹妹在生病;媚兰又虚又弱;孩子们又孤弱无助;黑人们像孩子一样忠诚地看着她,依附着她的裙裾,知道埃伦的女儿会像埃伦一贯所做的那样,成为他们的避难所。[①]

注视着默默望着她的一双双眼睛,面对一张张面黄肌瘦的脸,思嘉没有绝望,没有气馁。她既没有沉溺在过去美好的岁月中,也没有自暴自弃,得过且过。她意识到,她现在是全家人的依靠,而全家人则成了她的负担,"而这负担是要用坚强的双肩来承担的"。但她认为,"自己的双肩是够坚强的,居然承受了所发生过的最糟的事,现在可以承受任何负担了"[②]。这就是郝思嘉的信念和信心。她决心要让塔拉存在下去,要让塔拉的人挺过这个艰难时世。她亲自下地摘棉花,亲手做许多原来仆人才做的事情;她衣衫褴褛,拎着篮子在烈日下到邻居废弃的果园里挖剩下的菜蔬;骑着唯一的一匹孱弱小马到邻居家借种子、了解外界的情况;甚至杀了一个前来偷盗的北方士兵。在塔拉受到要挟、大家面临无家可归的威胁时,她带着嬷嬷来到亚特兰大,想利用自己的魅力从白瑞德手中借钱挽救塔拉。此计不成,她转而向小有资财的弗兰克展开攻势,终于让他拜倒在她的石榴裙下。思嘉把妹妹的男朋友夺了过来,这也招致许多人的指责和非难。尽管如此,她不畏困难,敢于面对

---

① 玛格丽特·米切尔.飘[M].李美华,译.南京:译林出版社,2017:422.
② 同上,第 423 页。

困难,想尽方法克服困难的勇气还是着实令人钦佩。

小说结尾,真心爱慕思嘉的白瑞德最终因为失望而决定离开思嘉,而此时的思嘉才意识到自己真正爱的人其实不是卫希礼,而是白瑞德。她希望他们能够重新开始,从此幸福美满地生活在一起。可是,白瑞德觉得自己虽然与思嘉生活在一起,但两人的心从来没有合二为一过。爱女的夭折更使他产生了绝望心理。面对瑞德的离她而去,思嘉虽然也感到伤心、难过,但她没有撒泼耍赖,而是坚强地接受了这一令人难以接受的事实。"我明天再想这事好了,到塔拉去想。那时我就承受得了了。明天,我要想个办法重新得到他。毕竟,明天又是另外一天了。"①这就是思嘉在碰到困难时屡试不败的法宝。

"明天又是另外一天了。"这是思嘉的座右铭。她相信,所有的一切痛苦和挫折都将成为过去,明天将会是另一个开始。只要自己付出努力,一切都会好起来的。思嘉一生坎坷,历经磨难,支撑她挺过一道道难关、克服一个个困难的就是这一信条。小说作者原来是要用"明天又是另外一天了"作为小说的书名的。据有关资料记载,作者写本书时最先写好的即是最后一章。可见,作者着重要表现的就是思嘉的这一精神。

郝思嘉的责任心

思嘉性格中为人称道的还有她的责任心。尽管她不喜欢她的妹妹,尽管她对自己的孩子照顾不周,尽管她对黑人态度严厉,但她在最

---

① 玛格丽特·米切尔.飘[M].李美华,译.南京:译林出版社,2017:1047.

困难的时候并没有抛下大家不管,而是千方百计地统筹安排,带领大家咬紧牙关,挺过饥饿交加的最艰难的时期。她义无反顾地把一切承揽在自己的肩上,而这负荷本来是要有两个男人才负担得了的。可母亲去世了,父亲茫然无措,身为大女儿的她成了一家之主,她有责任承担这一义务,而她也确实义不容辞地履行了这一职责。为了避免失去家园、无家可归的悲惨命运,她违心地嫁给了她一点都不爱的弗兰克,以自己的幸福为代价换来了挽救塔拉的 300 美元。她后来处心积虑地经营锯木厂,千方百计地赚钱,一方面是为了自己不再会有挨饿受冻的威胁,另一方面也是为了塔拉能够维持下去,为了有朝一日塔拉能够恢复过去的风采,也为了家里人能够安安稳稳地生活。她虽然也暗暗诅咒这种职责,恨不得能把这些负荷通通甩掉,但是,正如希礼所说的,她永远也做不到这一点。

　　她的责任心不但表现在她对自己亲人的照顾上,同样也表现在对媚兰的态度上。媚兰是查理的妹妹,也就是思嘉的小姑。希礼参军后撇下媚兰孤身一人面对没有男人保护的孤寂,面对生孩子的痛苦,面对战争带来的恐惧。在这样的时刻,陪伴她的只有思嘉。其实,媚兰代替自己占据了希礼的妻子这个位置,思嘉有足够的理由不去关照她。可她虽然打心眼里不喜欢媚兰,甚至暗暗诅咒她死,但她和希礼最后一次见面时,希礼曾经央求她照顾媚兰:"你会照顾媚兰的,是不是?你这么坚强……答应我。"①于是,她便答应了。为了履行自己的诺言,她不顾自己的生命危险保护她,陪伴她。因为她不仅仅是希礼的妻子,而且还是她的小姑。从思嘉对媚兰的态度,读者似乎也能预见到媚兰死后,思

---

　　①　玛格丽特·米切尔.飘[M].李美华,译.南京:译林出版社,2017:332.

嘉肯定又会承担起照顾希礼和他的儿子的义务，因为她已经在媚兰临终前答应了她。

如果说思嘉对媚兰的照顾完全是因为顾及希礼的情面，是为了她所爱的人的话，那思嘉对白蝶姑妈的照顾就跟爱情没有任何关系了。白蝶是查理的姑妈，思嘉自从来到亚特兰大，就把照顾白蝶当成自己的责任了。媚兰怀孕后，按理留下来帮助媚兰的应该是上了年纪的白蝶姑妈，可白蝶姑妈老早就扔下媚兰逃难去了。因为她没有能力照顾媚兰，也没有勇气面对北方军的到来。思嘉嫁给白瑞德后，白蝶姑妈的生活来源全都依靠思嘉。没有思嘉，她根本没有能力生存下去。因为她的产业全被战争毁了，而身为侄女和侄女婿的媚兰和希礼自顾不暇，根本没有经济能力来资助她。所以，总的来说，思嘉是一个很有责任心的人。姑且不管她这么做时乐意不乐意，但她毕竟做了，尽了一份责任。所以，她为人称道的一面是不应该被抹杀的。

文学界的一部经典

评论家孙绍振说过："那些经历了历史考验、获得了不同时代读者喜爱的作品，就成为经典。不管不同历史时代的读者在具体价值评判上有多么大的差异，那些感动了一代又一代人的作品，本身就雄辩地证明了它的艺术价值是可超越时空甚至历史的，是相对稳定的。"[①]《飘》出版迄今已经80余年，至今仍在世界各地畅销，足以说明《飘》已经是

---

① 孙绍振.文学性讲演录［M］.广西：广西师范大学出版社，2006：10.

一部文学界的经典作品。

《飘》之所以能成为经典作品，这与它给人带来的积极向上的精神不无关系。内战以后，美国南方世界一片狼藉。人们要面对的已经不是过去那种衣食无忧境况下如何过得更快乐的生活，而是要面对饥饿、疾病、死亡和一个全新的世界秩序。书中的人物，虽然也有一些被打败了，沉沦了，如卫希礼和郝思嘉的父亲，但是，女主人公郝思嘉和媚兰却是坚强面对困难的典范。当郝思嘉拖着虚弱的媚兰逃离战火中的亚特兰大回到塔拉种植园时，面对母逝父傻、塔拉即将不保的残酷现实，她没有倒下，而是带领家里余下的劳力展开了自救行动，通过自己的努力保住了家园。她在战后自开锯木厂，亲自经商赚钱的举动更是使她成了一个具有女性主义意识的新女性。媚兰展示的则是另一种意义的坚强。她给人一种不屈的精神力量，从她对南部联邦的无条件支持，到对被战争击垮的卫希礼的精神支持，无不体现出她弱小的身躯散发出的强大的精神力量。

还有人认为，《飘》出版的年代是 20 世纪 30 年代，正是美国历史上的大萧条时期。由于经济滑坡，全国人口失业率激增，许多人生活没有保障，过着艰难的日子。人们于是很想逃避现实，试图回到过去的岁月当中去。他们发现自己正在为生存打一场恶战，这场恶战和内战以后重建时期郝思嘉为生活而打的战役如出一辙。它们同样艰辛，同样困难。虽然郝思嘉采取的作战方式并不是全都合乎道德规范，但是她至少没有躺下等死，而是竭尽全力地去拼搏，去奋斗。人们从郝思嘉身上多少获得了面对现实、克服困难的勇气。这是该小说一出版就成了畅销书的原因之一。此种看法不无道理。其实，郝思嘉不畏困难、面对现实的精神和勇气也正是小说历经几十年而魅力经久不衰的原因所在。

结　语

　　面对现实,克服困难,这一信条适用于任何年代。生活对每个时代的每个人来说都是不易的。谁要是在困难面前低头,那他就是生活的弱者;而如若他不畏困难,勇敢地面对现实,想办法解决困难,那他就是生活的强者。"明天又是另外一天了!"不管今天有过什么成绩,或有过什么痛楚,一切都只属于过去。而明天,已经是另外一天了!只有把每一个明天当作新的起点,为实现自己的目标更加努力奋斗的人才算得上是生活的智者。《飘》经过几十年时间的检验,证明了自己魅力的历时性、文学价值的存在性和经典作品的持久性。《飘》,在 21 世纪的今天,早已完成了从畅销书到经典作品的华丽转身。

9

成长的烦恼

——《麦田里的守望者》赏析

　　每个人都要经历长大成人的阶段,也就是成长的阶段。但是,成长的过程并非一帆风顺,很多人的成长往往伴随着痛苦和烦恼。美国作家杰罗姆·大卫·塞林格(Jerome David Salinger,1919—2010)便在他最著名的小说《麦田里的守望者》(*The Catcher in the Rye*,1951)中塑造了一个经历成长烦恼的经典文学形象——霍尔顿·考尔菲德。

　　塞林格于1919年生于纽约,父亲是犹太商人。虽然父亲希望他能子承父业,塞林格却不喜欢经商,反而对写作很感兴趣,1940年发表了第一篇短篇小说。塞林格读过军校,在第二次世界大战中服过役,这些经历都给他日后的小说创作提供了素材。塞林格共发表过35篇小说,最有名的即是1951年出版的《麦田里的守望者》。小说一出版便引起世界性轰动,被认为是20世纪美国文学的经典作品之一,尤其受到美国学生的疯狂追捧。美国作家诺曼·梅勒(Norman Mailer)说:"在整整的一代青少年和大学生的眼里,塞林格曾是美国最出色的作家。他是他们被放逐的领袖。"[①]塞林格的作品还有《弗兰尼与卓埃》(*Franny and Zooey*,1961)、《木匠们,把屋梁抬高;西摩:一个介绍》(*Raise High the Roof Beam, Carpenters and Seymour—an Introduction*,

---

　　① 　王立宏.J.D.塞林格小说的文化阐释[M].北京:北京大学出版社,2017:2.

1963)和一部短篇小说集《九故事》(*Nine Stories*,1953)。成名后的塞林格深居简出,像个隐士。此后发表的作品不多,直至2010年去世。

社会影响

　　《麦田里的守望者》讲述了一个中学生霍尔顿·考尔菲德的故事。霍尔顿出身于富裕的中产阶级家庭。虽然父母把他送进了很好的学校,但他不喜欢读书,对学校里的一切都腻烦透了。一次又一次被开除也没有唤醒他学习的欲望,又一个学期结束了,他因四门功课不及格而被校方开除。离开学校后,因为还没到学校规定放假的日子,他不敢贸然回家,只好在纽约游荡。他住旅馆,泡夜总会,和女友萨丽去看戏,溜冰,还独自去看了场电影,又到酒吧里和一个老同学一起喝酒,喝得酩酊大醉。但不管什么事情,都无法令他高兴起来。最后,霍尔顿不想再回家,也不想再念书了,决定去西部谋生,做一个又聋又哑的人,但他想在临走前再见妹妹菲苾一面,于是托人给她带去一张便条,约她见面。菲苾来时拖着一只装满自己衣服的大箱子,声称要跟哥哥一起去西部。霍尔顿只好放弃西部之行,和她一起回家。回家后不久,霍尔顿就生了一场大病。整部小说是以回忆的方式写的。

　　《麦田里的守望者》是塞林格唯一一部长篇小说。该书因为写了一个青少年的成长经历,也被誉为成长小说。它虽然只有十几万字,却在美国社会和文学界产生了巨大的影响。主人公的经历和思想在青少年中引起了强烈共鸣,受到读者,特别是大中学生的热烈欢迎。他们纷纷模仿主人公霍尔顿的装束打扮,讲"霍尔顿式"的语言,因为这部小说道出了他们的心声，反映了他们的理想、苦闷和愿望。通过这个人物的塑造，"塞林格捕捉到了青少年焦虑的声音"①。为此，塞林格被誉为年轻人的代言人。一个评论家这么评论道："特别是对年轻人，塞林格所言比二战以来任何一个美国作家都更有魔力。"②家长们和文学界也对这本书展开了争论。有的人认为它能使青少年增加对生活的认识，对残酷的社会现实提高警惕，促使他们去选择一条正确的道路，而成年人通过这本书也可增进对青少年的理解。但也有人认为这是一本不好的书，主人公读书不用功，还抽烟、酗酒、满口粗话，因此应该被禁。确实，由于塞林格在小说中用了一些俚语和粗话，小说一度在某些社团内被禁。但是，经过几十年时间的检验，证明它不愧为美国当代文学中的现代经典小说之一，至今"影响不衰，总销售量已超过千万册"，③受到一代又一代读者的欢迎，影响了好几代美国青年。现在大多数中学和高等学校已把它列为必读的课外读物，小说的主人公霍尔顿则成了年轻人的代表。这些年轻人要承受着多方面的压力，包括长大的恐惧，按照一定的规则生活，压抑自己的个性，合乎社会的文化准则，等等。而霍尔顿则成了无拘无束、敢于面对各种文化压力的代表。一个评论家说："他的敌意直指我们文化中可以用他最喜欢的词'假模假样'来诅

---

① David Van Leer. Society and Identity[M]//Ed. Emory Elliott. The Columbia History of the American Novel. Beijing：Foreign Language Teaching and Research Press，2005：492.

② Coles Editorial Notes. The Catcher in the Rye[M]. Toronto：Coles Publishing Company，2003：8.

③ 施咸荣.译者前言.杰罗姆·大卫·塞林格.麦田里的守望者[M].施咸荣，译. 南京：译林出版社，1998：2.

咒的任何事情。"①

主题之一：成长的烦恼

小说主人公霍尔顿是个 16 岁的青少年，小说主题势必涉及成长问题，这也是小说被誉为"成长小说"的原因。《麦田里的守望者》涉及的第一个主题就是成长的烦恼。毫无疑问，很多人都有过这样的经历：小时候，也就是幼儿园和小学的时候，盼望自己快点长大，希望自己是大人，因为大人有权支配孩子的生活和行为；可是，真正到了即将长大的青少年时期，却有了某种恐惧的心理，不想跨入大人的世界，这也就是"成长的烦恼"。

主人公霍尔顿对长大就怀有这种恐惧心理。他认为孩童时代是诚实天真、好奇心十足的年代。他希望孩提时代能够一直不会过去。与此同时，他认为成年人虚伪造作，复杂怪异，所以不愿意跨入成人世界。"他看到的是现实的社会，而他希望社会是他想要的那个样子。霍尔顿与社会根本是格格不入的。"②霍尔顿之所以喜欢博物馆，就是因为：

博物馆里最好的一点是一切东西总待在原来的地方不动。谁也不挪移一下位置。你哪怕去十万次，那个因纽特人依旧刚捉到两条鱼；那些鸟依旧在往南飞；鹿依旧在水洞边喝水，它们的角依

① Coles Editorial Notes. The Catcher in the Rye[M]. Toronto：Coles Publishing Company，2003：8.

② 同上。

旧那么美丽,它们的腿依旧那么又细又好看;还有那个裸露着乳房的印第安女人依旧在织同一条毯子。谁也不会改变样儿。①

而霍尔顿也清醒地意识到:"唯一变样的东西只是你自己。"②可是,霍尔顿其实不想自己有变化,他说:"有些事物应该老保持着老样子。你应该把它们搁进那种大玻璃柜里,别去动它们。"③这里,霍尔顿认为"应该老保持着老样子"的"某些事物"其实就是孩童时代。

霍尔顿其实不想长大,这一点,从他很爱看菲芯的日记就可以看得出来。事实上,不单是菲芯的,只要是孩子的日记,他都喜欢看。"再说我也爱看这类玩意儿——孩子的笔记本,不管是菲芯的还是别的孩子的——我可以整天整夜地看下去。孩子的笔记本我真是百看不厌。"④当然,这不仅因为霍尔顿自己还是个孩子,也因为霍尔顿耽溺于儿童时代的生活,不想长大成人。但是,人一定会长大,这是自然规律,谁也阻止不了时间的流逝和孩子的成长。这正是让霍尔顿烦恼,并且一直困扰着他的事情,所以他说:"我一边走,一边就想着这一类事"。⑤

正因如此,霍尔顿喜欢小孩子。对年仅 11 岁就不幸患白血病去世的弟弟艾里,霍尔顿念念不忘。他觉得艾里完美无缺,什么都好:"他不仅是全家最聪明的孩子,而且在许多方面还是最讨人喜欢的孩子。他从来不跟人发脾气。"⑥艾里死的时候,霍尔顿悲伤不已,但他用一种极

① 杰罗姆·大卫·塞林格.麦田里的守望者[M].施咸荣,译.南京:译林出版社,1998:112.
② 同上,第 112-113 页。
③ 同上,第 113 页。
④ 同上,第 150 页。
⑤ 同上,第 113 页。
⑥ 同上,第 35 页。

端行为来发泄悲伤——把家里汽车间的玻璃窗全都用拳头砸个粉碎，因此差点被家人送去作精神分析。对 10 岁的妹妹菲苾，霍尔顿更是疼爱有加。说起妹妹，霍尔顿一副赞赏的口吻："你真应该见见她。你这一辈子再也不会见过那么漂亮、那么聪明的小孩子。她真是聪明，我是说从上学到现在，门门功课都是优。"[①]一般大孩子不愿意更小的孩子当跟班，霍尔顿却"简直哪儿都可以带她去"。所以，他认为，"这个老菲苾。我可以对天发誓，你见了她准会喜欢"。[②] 正因如此，在霍尔顿离开学校空虚无聊的时候，他会想要跟妹妹聊聊天，忍不住溜回家去看了妹妹，直到父母回家才又离开。最后，也正因为妹妹坚持要跟他一起到西部去，霍尔顿才放弃了离家出走的念头，跟妹妹一起回家了。

霍尔顿喜欢孩子，愿意保护孩子，塞林格通过小说题目把霍尔顿的这一愿望表达了出来。小说的题目《麦田里的守望者》来自英国诗人罗伯特·彭斯的诗歌。霍尔顿对妹妹说，他要做个"麦田里的守望者"：

> 有那么一群小孩子在一大块麦田里做游戏。几千几万个小孩子，附近没有一个人——没有一个大人，我是说——除了我。我呢，就在那混账的悬崖边。我的职务是在那儿守望，要是有哪个孩子往悬崖边奔来，我就把他捉住——我是说孩子们都在狂奔，也不知道自己是在往哪儿跑。我得从什么地方出来，把他们捉住。我整天就干这样的事。我只想当个麦田里的守望者。我知道这有点

① 杰罗姆·大卫·塞林格.麦田里的守望者[M].施咸荣，译.南京：译林出版社，1998：62.

② 同上，第 63 页。

异想天开,可我真正喜欢干的就是这个。①

霍尔顿想当个麦田里的守望者,不让孩子们掉下悬崖。"悬崖"在这里象征着成人的世界。霍尔顿自己不想长大,同时希望所有的孩子也不要长大。对他来说,"长大"便意味着进入成人世界,而这就意味着坠入悬崖,粉身碎骨。

霍尔顿之所以对长大成人怀有恐惧心理,是因为他认为成人世界满是虚假。小说中,每当说到成人,霍尔顿用得最多的一个词就是"虚假",或"假模假式"。他对成人世界很不满,对所有的东西都看不惯。所以,他抱怨潘西"是个最最糟糕的学校,里面全是伪君子,还有卑鄙的家伙"②。他抱怨潘西的老师都是伪君子,就连对他很不错的历史课老师斯宾塞先生也一样。他抱怨潘西的校友在返校日那天的行径既愚蠢又让人心烦。他觉得父母要他读书上进,无非是要他出人头地,而他并不想这么做。他认为成人社会里没有一个可信的人,全是假仁假义的伪君子,连他唯一敬佩的一位老师也可能是个同性恋者。他看不惯现实社会中的那种世态人情,觉得人人都很虚伪,事事都很虚假。开酒吧的老欧尼将钢琴演奏完,观众拼命鼓掌,欧尼鞠躬感谢,可在霍尔顿看来,观众的掌声并不真诚,而老欧尼鞠的躬也"十分假"③。

霍尔顿因为不想提早回家,决定到纽约的一家小旅馆去住两三天,结果发现旅馆里全是怪人:"我当时并不知道那个混账旅馆里住的全是

---

① 杰罗姆·大卫·塞林格.麦田里的守望者[M].施咸荣,译.南京:译林出版社,1998:161.
② 同上,第155页。
③ 同上,第79页。

变态的和痴呆的怪人。到处是怪人。"①在这家旅馆里,他看到了一个男人在房间里用女人的穿戴打扮成一个女人。他还"看见一对男女用嘴彼此喷水……他先喝一口,喷了她一身,接着她也照样喷他——他们就这样轮流着喷来喷去,……"②在霍尔顿眼里,这一切无疑都是令他无法理解的心理变态行为,正如菲苾一针见血指出的:"你不喜欢正在发生的任何事情。"③

　　霍尔顿讨厌成人世界的虚伪和不诚实,可他自己也并不诚实,他同样很爱撒谎。但他并不否认自己是个爱撒谎的人:"你这一辈子大概没见过比我更会撒谎的人。说来真可怕。我哪怕是到铺子里买一份杂志,有人要是在路上见了我,问我上哪儿去,我也许会说去看歌剧。真是可怕。"④他为了琴·迦拉格跟同学斯特拉德莱塔打架,可当阿克莱问他打架原因时,他却撒谎说是因为斯特拉德莱塔说阿克莱为人下流,他是为了维护阿克莱的名誉才打的架。在火车上,他碰到了一个同学的妈妈。那位母亲问他叫什么名字时,他把宿舍看门人的名字当作自己的名字告诉了她,而且还不顾事实就她儿子在学校的表现信口开河。当她问到他为什么提早回家时,他再次撒谎自己是因为脑子里长了瘤子需要动手术。总之,他说的话全都是谎言。连一些客套的打招呼,他都觉得虚伪透顶却又不得不去做。例如,见到熟人或者刚认识的人,分别时就得说"见到你真高兴"之类的话。霍尔顿对此很反感,他觉得这

　　①　杰罗姆·大卫·塞林格.麦田里的守望者[M].施咸荣,译.南京:译林出版社,1998:57.
　　②　同上,第 58 页。
　　③　同上,第 157 页。
　　④　同上,第 15 页。

话一点也不真诚。他说:"我老是在跟人说'见到你真高兴',其实我见到他一点也不高兴。你要是想在这世界上活下去,就得说这类话。"①

一方面,霍尔顿对成人世界厌恶透顶,另一方面,他又想向成人世界靠拢,使自己不再是个孩子。他自己还是个孩子,却充大人叫他的同学"阿克莱孩子"。在纽约,他到酒吧喝酒,要酒时还特意站起来,让人家看看他有多高,免得别人怀疑他还未成年。住旅馆时,他甚至让开电梯的毛里斯帮他叫个妓女。其实,霍尔顿只有 16 岁,在这种事情上根本没有经验,还是个童男。妓女到了他的房间时,霍尔顿开始打退堂鼓,最后以自己刚做过手术为由放弃了这次交易,但还是被毛里斯和妓女一起讹了 10 美元。

渴望朴实和真诚的霍尔顿,遇到的全是虚伪和欺骗,而他又无力改变这种现状,只好苦闷、彷徨、放纵,最后甚至想逃离这个现实世界,到西部去装成一个又聋又哑的人,平静地过完一辈子。霍尔顿"被困于青春期与成人期的交界地带,一边是已经逝去的安全区,这属于孩童时期的天真时代,另一边是无法回避的长大、成年的成熟过程"②。正如他老师安多里尼先生说的,霍尔顿是个正处于"道德上和精神上"的"彷徨时期"③的青少年。

————————

① 杰罗姆·大卫·塞林格.麦田里的守望者[M].施咸荣,译.南京:译林出版社,1998:81.

② Coles Editorial Notes. The Catcher in the Rye[M]. Toronto:Coles Publishing Company,2003:10.

③ 杰罗姆·大卫·塞林格.麦田里的守望者[M].施咸荣,译.南京:译林出版社,1998:176.

主题之二:孤独和疏离

　　由于霍尔顿的苦闷和烦恼,他的内心其实是非常孤独的。孤独和疏离是小说要呈现的又一个主题。小说中,他经常重复"孤独""寂寞""沮丧"这些字眼。被学校开除以后,他坦言自己"真是苦闷极了""觉得寂寞得要命"①。坐着火车离开学校后,他走进电话亭想打电话:"我下车进了潘恩车站,头一件事就是进电话间打电话。我很想跟什么人通通话。我把我的手提箱放在电话间门口,以便照看,可我进了里边,一时又想不起跟谁通话。②"可见,霍尔顿那时候很想跟谁交流,遗憾的是,却找不到合适的交流对象。他的哥哥远在好莱坞,妹妹菲苾已经上床睡觉,而且他还担心电话会被父母先接到。他想到老朋友琴,想到经常在一起的女朋友萨丽,还想到了自己在另一所学校读书时的辅导员卡尔·路斯,可是,最终却一个电话也没打出去。

　　霍尔顿跟任何人都缺乏沟通和交流。因为一而再再而三地被学校开除,父母总是警告他,要他好好学习。霍尔顿对此却不以为然,"我父亲要我上耶鲁,或者普林斯敦,可我发誓决不进常春藤联合会里的任何一个学院,哪怕是要我的命,老天爷"③。他还觉得父母也很虚伪。他的父亲是个律师,可他却认为人一旦当上律师,就不再"去搭救受冤枉

---

① 杰罗姆·大卫·塞林格.麦田里的守望者[M].施咸荣,译.南京:译林出版社,1998:45.

② 同上,第55页。

③ 同上,第80页。

第九章 / 成长的烦恼

159

的人的性命"，而是"挣许许多多的钱，打高尔夫球，打桥牌，买汽车，喝马提尼酒，摆臭架子"①，这无疑是霍尔顿对他父亲的看法。他的老师一样教育他要好好学习，不要让父母担心。对此他同样不以为然。对于同龄人，他和他们不太和谐。离开学校前，他跟同宿舍同学斯特拉德莱塔打了一架。后来，他跟女朋友会面，一起看电影，一起去溜冰，但最终不欢而散。他试图排解这种孤独，于是和他的老师和过去的同学联系，但每次联系都没有给他带来他希望的慰藉。他唯一能说话的朋友就是他的妹妹菲苾，所以他会冒着被父母亲发现的危险回去看她。这种状况使他感到跟周围的人都疏离。

从同龄人那里得不到慰藉，从大人那里更是无法获得理解，霍尔顿便想逃离这一切。所以，他跟萨丽提出借部车一起外出，他的计划是："咱们可以住在林中小屋里，直到咱们的钱用完为止。等到钱用完了，我可以在哪儿找个工作做，咱们可以在溪边什么地方住着。过些日子咱们还可以结婚。到冬天我可以亲自出去打柴。老天爷，我们能过多美好的生活！"②可是，萨丽一针见血地指出："咱们两个简直还都是孩子。再说了，你可曾想过，万一你把钱花光了，又找不到工作，那时你怎么办？咱们都会活活饿死。"③可以看出，霍尔顿的想法只是不切实际的空想。小说最后，他决定逃到西部去做个又聋又哑的人。但由于他的妹妹执意要跟他一起去，这个计划最终并没有实现。

① 杰罗姆·大卫·塞林格.麦田里的守望者[M].施咸荣，译.南京：译林出版社，1998:160.

② 同上，第 122 页。

③ 同上，第 123 页。

霍尔顿的善良和责任感

　　霍尔顿是个反英雄。他不求上进,不爱读书,抽烟喝酒,撒谎诅咒,俨然是个不折不扣的"坏孩子"。但是,细读小说,我们会发现,霍尔顿其实是个善良的中学生。在被学校开除到回家之前,历史老师斯宾塞传了条子给霍尔顿,要求他去见他。霍尔顿虽然不喜欢斯宾塞,但他还是耐着性子去见了他。斯宾塞是位上了年纪的老教师,虽然他说的、做的都让霍尔顿感到厌烦,但他对斯宾塞还是很有礼貌,甚至安慰斯宾塞,让他不要因为历史课给了他不及格而难过。事实上,霍尔顿在试卷的底下给斯宾塞写了封短信,目的就是为了安慰他,好让他给他不及格的时候不至于太难过。临走,霍尔顿对斯宾塞说:"我会写信给您的,先生。注意您的感冒,多多保重身体。"①这么说话的霍尔顿,根本不会让人觉得他是个坏学生。

　　被学校开除以后,霍尔顿没有马上回家,而是想拖到圣诞节假期开始再回家,因为他不想让妈妈过早地知道他被开除的事,以免妈妈伤心。因为自从他的弟弟艾里死后,妈妈的身体一直不好,神经衰弱。在去菲苾的学校给她送字条的时候,霍尔顿看到菲苾学校的墙上有人写了粗话。他想把粗话擦掉,但又害怕被人看见会误认为是他写的,不过最后他还是把那些粗话擦掉了,因为他担心妹妹和其他孩子会受到不好的影响。霍尔顿自己被开除了,却还惦记着妹妹菲苾可能会喜欢的

---

　　① 杰罗姆·大卫·塞林格.麦田里的守望者[M].施咸荣,译.南京:译林出版社,1998:14.

一张老唱片,并且终于在一家店里买到了。然后,他就打算赶到公园去看看菲苾是否在那里溜冰,因为菲苾经常在星期天去公园溜冰。霍尔顿在溜冰场没找到菲苾,却看到一个小女孩在费劲地穿溜冰鞋,他主动帮助了小女孩。

除了善良,霍尔顿还是个有责任心的人。霍尔顿的责任心从小说题目就可以看得出来。他这辈子就愿意当个麦田里的守望者,守候着孩子们,不让他们掉进悬崖。在小说最后,霍尔顿决定只身一人到西部去,他让妹妹菲苾来跟他道别。可菲苾却拖着行李箱,执意要跟他一块去。霍尔顿放弃了自己的打算,最终跟妹妹一起回家了。这也同样说明霍尔顿很有责任心。他明白,他不可能带着菲苾一起到西部去,让菲苾跟他一起去过那种他认为自由自在、无拘无束却不稳定的生活。

霍尔顿的失控情绪

霍尔顿跟着菲苾回家了,但他的精神却受到了很大的刺激。小说是用回忆的方式写的。小说一开头,霍尔顿便坦言:"我想告诉你的只是我在去年圣诞节前所过的那段荒唐的生活,后来我的身体整个儿垮了,不得不离家到这儿来休养一阵。"①其实,从他被学校开除的那一刻起,他的精神就已经处于不稳定的状态了。离开学校前,在宿舍里和隔壁的男生阿克莱说话的时候,他其实已经在对阿克莱叫嚷,但他自己没

---

① 杰罗姆·大卫·塞林格.麦田里的守望者[M].施咸荣,译.南京:译林出版社,1998:1.

意识到。所以阿克莱说:"只要你别老是冲着我叫——"①跟萨丽在一起时,霍尔顿说话越来越激动,简直是在对着萨丽嚷嚷。可当萨丽让他别嚷嚷时,他却觉得自己根本没嚷嚷。接下来,他说话逻辑混乱,这导致萨丽完全听不懂他在说些什么。萨丽说:"我甚至都不知道你在说些什么……你一会儿谈这儿,一会儿——"②后来,霍尔顿故态复萌,萨丽让他别冲着她吆喝时,霍尔顿却说:"她这当然是胡说八道,因为我压根儿没冲着她吆喝。"③在旅馆里,霍尔顿被毛里斯和妓女桑妮敲诈并被打后,他的情绪非常不好。他说:"可我真是疯了。我可以对天发誓我是疯了。"④接着他就开始幻想自己被子弹打伤流血的情形。他甚至有了自杀倾向:"我当时倒是真想自杀。我很想从窗口跳出去。我可能也真会那么做,要是我确实知道我一摔到地上马上就会有人拿布把我盖起来。我不希望自己浑身是血的时候有一嘟噜傻瓜蛋伸长脖子看着我。"⑤

小说中,霍尔顿不止一次说"我真是疯了,我可以对天发誓我真是疯了"⑥。在他被毛里斯和桑妮敲诈以后,他说过这话。在他看到萨丽很漂亮,表示想跟她结婚的时候,他也说过。在他情不自禁对萨丽说他爱她以后,他说过。在他对萨丽说她很讨人厌,使萨丽负气离开之后,他也说过。离开学校后,霍尔顿曾经约见了路斯,两人在酒吧喝酒。但

① 杰罗姆·大卫·塞林格.麦田里的守望者[M].施咸荣,译.南京:译林出版社,1998:23.
② 同上,第 121 页。
③ 同上,第 123 页。
④ 同上,第 97 页。
⑤ 同上,第 98 页。
⑥ 同上,第 97 页。

霍尔顿跟他的聊天不着边际,以致路斯质问霍尔顿:"咱们难道非要这么疯疯癫癫谈下去不可吗?"①而且,路斯曾经建议霍尔顿去见精神分析家,其实就是心理医生。在这次谈话中,路斯再次提到了这个话题。

除了说话大叫大嚷、不着边际,霍尔顿的某些行为也说明他的情绪不稳定。弟弟艾里去世时,他很悲痛,于是,用拳头砸碎了家里汽车间的所有玻璃,结果自己的手也受了伤。那时家里便考虑让他去看心理医生了。离开学校前,他找茬和同学斯特拉德莱塔吵架,并因为自己对对方骂不绝口而被打得血流满面。离开学校后,他在纽约酒吧里喝得烂醉,然后到厕所去把头浸进凉水里,任由水往脖颈里淌,把浑身弄得湿漉漉的。可这是在大冬天,他因此冷得瑟瑟发抖,却还认为是醉酒让他觉得冷的。小说从头到尾,沮丧、寂寞和懊丧都成了霍尔顿经常重复的词汇。霍尔顿最终"生病"了,被送去特定的地方休养,同时也接受了精神分析师的心理治疗。这一切都是他情绪失控的证明。

小说的象征意义

塞林格运用象征手法来展现小说的主题,"麦田里的守望者"就是其中之一。霍尔顿对菲苾说,他就愿意当个麦田里的守望者,守着乱跑的孩子们,不让他们掉入悬崖。这意味着霍尔顿希望孩子们跟自己一样,能够永远不要长大。这个意象其实象征着霍尔顿自己对孩童时代的眷恋和不舍。

---

① 杰罗姆·大卫·塞林格.麦田里的守望者[M].施咸荣,译.南京:译林出版社,1998:135-136.

霍尔顿在酒吧喝醉酒时,他想象出一副自己受伤的样子:"我只要真正喝醉了酒,就会重新幻想起自己心窝里中了颗子弹的傻事来。酒吧里就我一个人心窝中了颗子弹。我不住地伸手到上装里去,捂着肚皮,不让血流得满地都是,我不愿意让人知道我已受了伤。"①这幅画面象征着霍尔顿毫无设防地受到社会环境的伤害,他的心理和精神处在生存危机当中。他正和人生经历做斗争,但却被伤得鲜血淋淋,毫无防御能力。这幅景象象征着离开学校后又无处可去的霍尔顿已经处于精神崩溃的边沿。

霍尔顿还多次提到纽约中央公园的野鸭。离开学校前,在历史老师斯宾塞家的时候,他就想到野鸭了:"我在琢磨,到我回家的时候,湖里的水大概已经结冰了。要是结了冰,那些野鸭都到哪里去了呢?我一个劲儿琢磨,湖水冻严以后,那些野鸭到底上哪儿去了。我在琢磨是不是会有人开了辆卡车来,捉住它们送到动物园里去。或者竟是它们自己飞走了?"②离开学校后,他在出租车上,也问出租车司机这个问题。司机被问得莫名其妙。看到司机发火了,霍尔顿才不再追问。霍尔顿最后一次提到野鸭,是在酒吧喝醉酒以后。天又黑又冷,但他还是只身前往中央公园的浅水湖。当然,他一只野鸭都没看到。霍尔顿对中央公园浅水湖里的野鸭那么关心,自然是因为他还是个孩子。出于孩子的天性和好奇,他才会时不时地想起野鸭,并对它们在哪里过冬感到疑惑不已。对野鸭的念念不忘其实象征着霍尔顿对孩童时代的眷恋和不舍。

---

① 杰罗姆·大卫·塞林格.麦田里的守望者[M].施咸荣,译.南京:译林出版社,1998:139.

② 同上,第12页。

也就是在去中央公园的路上,霍尔顿不小心把买给妹妹菲苾的她喜欢的唱片打碎了。唱片"碎成了约莫五十片"[①]。唱片刻录的是动听的音乐,而纯净无害的音乐却被坚硬的地板击得粉碎,这既象征着霍尔顿生活的杂乱无序,也象征着霍尔顿梦想的破灭,也就是说,他想逃避现实的梦想终归是无法实现的。

小说最后,霍尔顿带着菲苾去坐旋转木马。他坐在边上一张凳子上看着菲苾,孩子们都想攥住金圈儿,可这么做很容易从木马上摔下来。想当"麦田里的守望者"的霍尔顿自然会想阻止他们这么做,以免他们摔下来。可是,这一次,霍尔顿却不再这么想了:"所有的孩子都想攥住那金圈儿,老菲苾也一样,我很怕她会从那匹混账马上掉下来,可我什么也没说,什么也没做。孩子们的问题是,如果他们想伸手去攥金圈儿,你就得让他们攥去,最好什么也别说,他们要是摔下来,就让他们摔下来好了,可别说什么话去拦阻他们,那是不好的。"[②]这意味着霍尔顿终于明白,要长大就要付出代价,而长大又是不可避免的,这就像是孩子们总想去攥住金圈儿一样。

看着菲苾骑木马时,天下起雨来。霍尔顿没有去避雨,而是坐在长椅上让雨把他淋得透湿,这在某种程度上象征着霍尔顿的新生。他的情绪也因此大为改变:"突然间我变得他妈的那么快乐,眼看着老菲苾那么一圈圈转个不停。我险些儿他妈的大叫大嚷起来,我心里实在快乐极了,我老实告诉你说。"[③]小说最后,回到霍尔顿开始叙述故事的小

---

① 杰罗姆・大卫・塞林格.麦田里的守望者[M].施咸荣,译.南京:译林出版社,1998:142.
② 同上,第196页。
③ 同上,第197页。

说开头，他还在医院里，但马上就要出院了，并且计划秋季再回去读书。这多少显露了少许乐观主义色彩。霍尔顿曾经濒临绝望的深渊，但他还是活了下来，并将带着这种新的经历去面对生活。霍尔顿经历的成长的烦恼，是每个人都必经的烦恼，正如他自己所说："我现在只是在过年轻人的一关。谁都有一些关要过的……"①

结　语

《麦田里的守望者》之所以能成为轰动性的作品，很重要的一个原因是小说的艺术风格。全书以一个青少年的口吻用第一人称叙述了他被学校开除后在纽约的经历，从一个青少年的角度批判了成人世界的虚伪和欺骗行径。塞林格用细腻深刻的笔触剖析了霍尔顿的复杂心理，展现了霍尔顿内心理想与现实的冲突，同时也表现了主人公善良纯真的心态。小说在语言运用上也很独特，全书用青少年的口吻平铺直叙，使用了大量的口语和俚语，生动活泼，增加了作品的感染力，更能激起读者的共鸣和思考。

《麦田里的守望者》堪称一部美国现代经典作品。很多评论家把它和马克·吐温的《哈克贝利·芬历险记》相提并论。只不过芬经历的是关于种族主义和种族偏见的真相，而霍尔顿则初识了成人世界的丑陋与虚伪。《麦田里的守望者》"确实是对那个时代学界和社会墨守成规

---

① 杰罗姆·大卫·塞林格.麦田里的守望者[M].施咸荣，译.南京：译林出版社，1998：14.

的一种抗议"。^① 它对美国文学以及美国文化的影响是深远的。正如孙仲旭所说:"塞林格通过写了《麦田里的守望者》一书对美国文化做出了贡献,其重要性怎么强调都不为过。"^②

---

① Coles Editorial Notes. The Catcher in the Rye[M]. Toronto：Coles Publishing Company，2003：9.

② 孙仲旭.前言.保罗·亚历山大.前言[M].孙仲旭,译.南京:译林出版社,2001：4.

10

滚滚红尘东逝水

——《大河奔流》赏析

美国当代女作家琼·狄第恩(John Didion，1934—)是 20 世纪 60年代步入美国文坛的。她是个文坛多面手，既是记者，又是小说家，在非小说创作和小说创作两方面都颇有建树，以"新新闻主义者、出色的文体家和才华横溢的后现代派小说家"①享誉美国文坛。2005 年，她因非小说作品《不可想象的岁月》(*The Year of Magical Thinking*)一书获得美国全国图书奖。2007 年，美国全国图书基金会为狄第恩颁发了美国文学杰出贡献奖章，以表彰她作为小说家和散文家为美国文学做出的贡献。

狄第恩出生于美国加州的首府萨克拉门托，父亲曾是个军人，小时候的狄第恩常跟着父亲的部队迁居各处，直到 1943 年才回到萨克拉门托。1953 年，狄第恩进入加州大学伯克利分校。1956 年，她参加《时尚》杂志的征文比赛并夺得大奖。作为奖励，她获得了到《时尚》杂志工作的机会。也就是在《时尚》杂志工作期间，狄第恩开始写作，并向一些杂志投稿，其中包括《星期六晚邮报》和《国家评论》等。与此同时，狄第恩开始了小说创作，第一部小说《大河奔流》(*Run River*)于 1963 年出版，从此，狄第恩的文学造诣又加上了"小说家"这一称号。

---

① 李美华.前言[M].李美华.琼·狄第恩作品中新新闻主义、女权主义和后现代主义的多角度展现.厦门:厦门大学出版社,2007:v.

新新闻主义和《大河奔流》

　　文学是反映社会生活的载体。任何作家的作品,自然都会打上作家所处的那个时代的烙印。狄第恩生活的美国社会是一个风云多变的时代。作为一个新闻记者,狄第恩以新新闻主义这一新颖而独特的方式从各个角度报道了美国20世纪六七十年代的政治风云和社会变化。作为新新闻主义的代表人物,狄第恩的报道已经不只是客观报道,还在报道中加入了作为记者的自己的声音。这个声音在报道中时有时无,进出自如,时不时就报道之事进行评论,影响着读者的视听。为此,狄第恩被誉为美国"新新闻主义的先驱"①。她敏锐的笔触及独特的报道视角使她的散文成了对20世纪六七十年代美国社会的一种记录,也成了对美国文化强有力的批评。狄第恩在非小说作品中讲述了社会上发生的实有其事的故事。这些故事不但体现了狄第恩强烈的政治关怀和道德关怀,而且体现了她对这些故事的深刻思考。狄第恩坦言:"我写作,全都是为了发现我的所思所想,我的所见所闻及其意义,还有我想要什么,我又害怕什么。"②

　　狄第恩的非小说作品以新闻报道的方式全面记录了美国社会,而她的小说作品同样记录了美国社会的风云变幻。《大河奔流》是狄第恩的第一部小说,讲述了北加州两个显赫家族——奈特和麦克莱伦在历

---

　　① 李美华.琼·狄第恩作品中新新闻主义、女权主义和后现代主义的多角度展现[M].厦门:厦门大学出版社,2007:10.

　　② 同上,第10页。

史发展和社会变化中最终衰败的故事。故事发生在 20 世纪四五十年代。奈特的独生女莉莉嫁给了麦克莱伦家唯一的儿子埃弗里特,两个家族由此合二为一。然而,原有的富足和传统并没有为他们带来婚姻的幸福和家族的兴盛。并未从婚姻中得到幸福的埃弗里特撇下莉莉只身参军去了,莉莉一人既要照顾公公,又要照顾孩子,内心无比孤独和苦闷,最终采取了寻找情人的方式来发泄自己的不满和寂寞。埃弗里特回家以后,两人的关系并未缓和,最终,埃弗里特枪杀了莉莉的情人,然后饮弹自尽,酿成了家族的悲剧。两个显赫的家族就此走向衰败。

西进运动与美国梦

西进运动是美国拓展西部边疆和开发西部的过程,历时大约一个世纪。大批美国移民从东部出发,历经各种各样的困难和艰辛,来到西部。西进运动中的美国人抛弃了一切陈规陋习,克服困难,开拓进取,艰苦创业,从而培育出了现实乐观、勇往直前的民族性格。对西进运动的移民来说,加州是浪漫、遥远而充满希望的金色土地和理想乐园。历尽千辛万苦而最终来到加州定居的移民,通过自己的双手,在这片广阔的新土地上按照自己的意愿,为自己和后代建造了美好的家园。詹尼斯·斯托特(Janis P. Stout)说:"西部提供了真正美国式的生活。它给人宁静而繁荣的希望……它给了寻梦者能够到达人间天堂的令人兴奋的希望。"①

---

① Janis P. Stout. Through the Window, Out the Door[M]. Tuscaloosa: The University of Alabama Press, 1998:199.

所以，西进运动的历史是美国人寻梦的一个重要部分。美国梦是"对美利坚民族的价值观念与国民精神的一种概括，它早在欧洲移民漂洋过海、开拓建设新家园之际就已见雏形"①。如果说欧洲移民到美国是美国梦最早的雏形，那么，19世纪的美国西进运动就是美国梦的继续。人口的增长和移民的涌入使美国东部的土地显得狭窄和拥挤，为了求生存，谋发展，美国政府把目光转向辽阔的西部。在美国政府相关政策的鼓励下，大批东海岸渴望得到更多土地和更多自由的人开始向西迁徙，在西部构筑自己的家园，实现自己的梦想。

《大河奔流》中的奈特和麦克莱伦家族正是美国西进移民的后裔，他们从祖上手里继承的就是这么一个充满希望的"人间天堂"。在这里，获得全然的幸福和个人满足似乎是天经地义的事。可以说，祖上把他们眼里已经实现的梦境传给了下一辈。从莉莉孩提时代起，她的父亲瓦尔特·奈特就告诉她，萨克拉门托河谷是"上帝自己的小果园"②。既然他们来到了这个地方，在这片土地上埋葬了他们的祖先，这个地方就属于他们了。这使莉莉也有了同样的信念。她告诉父亲："有时我觉得这整个河谷都属于我。"③她父亲则更加肯定了她的这种信念："它确实属于你，你听到我说的话了吗？"④莉莉由此有了获得无限自由的欲望。16岁生日的时候，她父亲给了她16枚银币，告诉了她关于美国天堂的金色梦境："你说你想要什么，然后就去追求你想要的。如果你决定要成为最漂亮、最聪明、最幸福的人，你就能成为这样的人。"⑤莉莉

---

① 陈许.美国西部小说研究[M].北京：北京大学出版社，2004：1.
② Joan Didion, Run River[M]. New York：Pocket Books，1963：36.
③ 同上，第79页。
④ 同上，第79页。
⑤ 同上，第31页。

的父亲给女儿灌输的就是"在这世界上,你想要什么便能得到什么"①的理念。

埃弗里特也一样。他认为,加州河谷就是生活乐园。他可以无忧无虑地永远生活在这个乐园里。这里是可以保证他的幸福和全然满足的地方。所以,对于土地,埃弗里特跟他的父亲一样,"只是要拥有它"②。一个例子便是,他们家在布雷登有块两百英亩的土地,曾是埃弗里特妈妈的产业,但是,这块地"实际上无法耕种,已经荒废了好几年"③。虽然也有人出价要买这块地,但是,埃弗里特拒绝了,而拒绝的原因就是他可以站在那里的小山上,俯瞰整个河谷,"他要站在自己的土地上。这跟庄稼、开发和利润都没有关系"④。埃弗里特认为,"事情保持井然有序"是"必要的",而当他娶了莉莉,"莉莉便完成了那幅画面,给了他一切都已安顿下来的感觉"。⑤ 他喜欢让莉莉待在农场等着他,哪怕他自己不回家,这也是井然有序的一部分。所以,当莉莉写信要求埃弗里特回家时,埃弗里特总是用"你似乎没有意识到正在打仗"⑥这些冠冕堂皇的理由拒绝她的要求,根本不管莉莉在信里说了多少次"你不知道我有多么需要你"⑦。

莉莉和埃弗里特都是在农耕生活方式下长大的人。他们固守着原有的观念,希望这种生活永远不变,而他们可以永远生活在这个神话当

① Joan Didion, Run River[M]. New York: Pocket Books, 1963:31.
② 同上,第 124 页。
③ 同上,第 124 页。
④ 同上,第 124 页。
⑤ 同上,第 120 页。
⑥ 同上,第 121 页。
⑦ 同上,第 121 页。

中。也就是说，作为西进运动移民的后裔，他们的祖上在加州实现了自己的美国梦，这使他们得以在这一梦里过着富足的生活，他们希望能够一直生活在这个梦里，永远不用醒来。

狄第恩虚构的文本故事和美国西进运动的历史以及美国梦的源流联系在一起，使《大河奔流》这一文本的历史性得到了突显。狄第恩之所以能这么做，是因为她本人的身世与西进运动有关。狄第恩是第五代加州人，祖上曾经是美国西进运动中的移民。在狄第恩另一部历史感很强的非小说作品《我从哪里来》中，她讲述了很多其祖上在西进过程中历经艰难的故事。她的祖先中有位叫伊丽莎白·斯科特·哈丁的女性，一次为了躲避印第安人的袭击，和孩子们一起躲进了山洞。同样是这位女性，还曾经怀抱婴儿游过一条涨水的河流。而狄第恩的高祖母在随马车队迁徙的旅途中，曾经"亲自掩埋了一个孩子，生下另一个孩子，两次得了高山热，还得轮流赶牛车"[1]。狄第恩的祖先历经艰辛到达加州后，在中央河谷地带建立了以农耕生活为主的乐园，这些故事真实而富神秘色彩。作为西进移民的后代，狄第恩对此耳熟能详，这些故事成了狄第恩在《大河奔流》中的故事背景。可见，《大河奔流》这部作品"并非空穴来风，它诞生自具体的文化历史语境"[2]。通过将西进运动和美国梦融进故事的方式，狄第恩似乎也在表明：历史是不能割断的，而是持续发展的。

---

① Joan Didion. Where I Was From[M]. New York：Alfred A. Knopf，2003：6.

② 陈榕.新历史主义[M].赵一凡等主编.西方文论关键词.北京：外语教学与研究出版社，2006：679.

历史的变化性

历史唯物主义认为，"人类社会是自然界长期发展的产物，它有从无到有逐步发生和形成的历史"[①]。但是，历史不是一成不变的，而是运动、变化、发展的。人类历史"在生产力和生产关系的矛盾、经济基础和上层建筑的矛盾推动下"[②]不断向前发展。历史的发展和变化势必带来社会文化等方面的变化。"人类社会总是处于永不间断的变化发展之中。"[③]而当人类社会的发展变化"涉及社会各个领域、各个层面的带有根本性的全面变革"[④]时，它便进入了社会转型期。《大河奔流》这一关于家族衰败的悲情故事，其历史背景就是 20 世纪美国加州四五十年代的社会变迁。费尔顿（Sharon Felton）说，《大河奔流》"探讨了平行崩溃的两件事：莉莉和埃弗里特婚姻的终结及河谷农业结构的解体。随着埃弗里特的死和河谷发达农业的衰弱，一个以简单的生活方式为特征的时代结束了"[⑤]。费尔顿这里说到的"河谷发达农业"和"以简单的生活方式为特征的时代"其实就是加州时代变迁的一部分。

---

① 李秀林等.辩证唯物主义和历史唯物主义原理[M].北京：中国人民大学出版社，1982：242.

② 同上，第 306 页。

③ 刘秀华.转型期人的个性与社会秩序关系研究[M].天津：天津人民出版社，2008：1.

④ 同上，第 1 页。

⑤ Sharon Felton. Joan Didion：a Writer of Scope and Substance. Literature Resources from Gale. http://go.galegroup.com/ps/i.do? &id=GALE％7CA133018787&v=2.1&u=xmu&it=r&p=LitRG&sw=w.

《大河奔流》中,狄第恩把她强烈的历史感融进了小说文本中。她认为,历史是发展变化的,而历史的变化势必带来社会的变化。无法适应社会变化的人只能遭到历史的淘汰。随着历史进程的推进和社会的变迁,加州河谷这一人间乐园受到了城市化和工业化的强烈冲击。"19世纪末,伴随着大面积的西部土地的开拓是大工业的崛起,商业、工厂、矿山在各地出现,铁路线、电话线像蜘蛛网似的遍布全国。……在不到半个世纪的时间里,美国迅速地由一个以农业为主的国家变成一个工业化强国。这一切似乎在告诉世人:辽阔的西部即将在人们的视野中消失。"① 如果这是一种预测的话,到了 20 世纪四五十年代,这已经成了一种现实。随着时间的推移,一切都证明加州这个人间乐园已经进入由农耕生活方式向工业化的转型期。社会转型势必带来对整个社会各方面的冲击,造成社会经济、政治、文化等各方面的变化。

狄第恩将这些变化和麦克莱伦以及奈特家族的故事融合在一起。在加州,延续了几代人的传统农耕生活方式受到冲击,工业和技术开始入侵加州。航空业、制造业等联营大公司开始入驻加州河谷。农场让位于工业园,大农场被划分为小块土地。房地产业发展迅猛,如火如荼。最后,一个个农场逐渐缩小甚至最终消失。加州正在改变,过去熟悉的家园正在以惊人的速度变得面目全非。对于加州,狄第恩有句经典名言:"关于我小时候的加州,唯一没有变化的就是它消失的速度。"② 于是,"现在很难找到加州了"③。原有的社会和经济秩序受到无

① 陈许.美国西部小说研究[M].北京:北京大学出版社,2004:115.

② Joan Didion. Slouching Towards Bethlehem[M]. New York: Farrar, Straus & Giroux,1968:176.

③ 同上,第 177 页。

情的冲击,变得支离破碎。

在社会转型期间,面对社会的急剧变化,因为每个人的个性、承受能力和接受能力的不同,不同的人应对社会变化的态度和能力也是不一样的。有的人能够审时度势,顺应历史和社会的变化,在历史的洪流中继续生存下去。有的人则无法面对这种变化,采取了消极逃避甚至是对抗的方式,最终的结果只能是被历史的洪流吞噬,成为社会变化的牺牲品。在《大河奔流》中,狄第恩就在读者面前展现了一幅加州历史变迁给两个曾经显赫一方的家族带来灭顶之灾的历史画面。

在评论《大河奔流》时,温切尔(Mark Royden Winchell)说:"某种程度上说,狄第恩之于中央河谷的上中层社会来说就像福克纳之于密西西比的萨托里斯一家和康普森一家一样——是个社会变化的记录者。"①两个家族的衰败首先从父辈社会地位和个人能力的丧失开始。莉莉的父亲和埃弗里特的父亲曾经都是富甲一方的有名的大农场主。但是,当时世变迁,河谷涌进了大量的外来者后,他们先后退出了历史舞台。踌躇满志的莉莉的父亲竞选失败,无法在立法机关留任,从而也失去了竞选州长的机会。这是家族权势丧失的象征。此后,奈特只能沉溺于自己的婚外情中,一蹶不振,最终出了车祸,与情妇一起惨死河中。小说中,狄第恩刻意描写了奈特一家墓地的荒芜,以象征奈特家族的没落。经过几代人的演变,如今的墓地"干草模糊了标记,守卫锈迹斑斑的金属大门的石天使的翅膀,几年前就断了;这个地方没有了丝毫像料理得很好的地方那种对死者的尊重"②。

---

①　Mark Royden Winchell. Joan Didion[M]. Boston：Twayne Publishers，1989：72.

②　Joan Didion，Run River[M]. New York：Pocket Books，1963：78.

对麦克莱伦家,狄第恩同样描述了这个家族无法适应社会变化的状况。麦克莱伦不像奈特,他没有政治上的失势经历。但是,随着年龄的增长,他成了神志不清的人。这个曾经是家庭支柱的一家之主,成了需要人照顾、不能在家庭事务中起任何作用的人。这种状况一直延续到他去世。狄第恩虽然没有明确说麦克莱伦的精神状态和时世变化有直接关系,但读者从小说的字里行间还是可以感觉出来。对麦克莱伦家的衰败,狄第恩同样用了一个意象,那就是麦克莱伦家的农场由于疏于打理,颓败之势已经显露。"一英亩又一英亩的红木桩和铁格架被弄倒了,和前一年夏天没有收拾的死去的藤蔓一起随其腐烂。机械在秋雨中生锈,窑早已经不能用,主路车辙道道。连河堤都垮了,一年没人照管。"①可以说,这是狄第恩用以象征农耕生活方式行将消失的意象。

家道不可避免地衰败了。伴随这一衰败的是莉莉和埃弗里特婚姻的失败和埃弗里特最终枪杀莉莉情人而后自杀的惨剧。莉莉和埃弗里特皆来自显赫的大农场主家庭。本来被认为是理所当然的完美婚姻最终却走向失败,其原因也是和社会变化分不开的。面对社会变化,不论莉莉还是埃弗里特都是无力面对和接受这一变化的人。

在时势变迁、旧有生活方式受到冲击的时候,埃弗里特的反应是无所适从。他对自家大农场有着一种难以割舍的依恋之情。"他只是想要拥有它。"②他要一辈子"站在自己的土地上"③。他之所以跟莉莉结婚,是因为只有莉莉才是"他可以与之生活在农场的人"④。对河谷原

---

① Joan Didion, Run River[M]. New York: Pocket Books, 1963:125.
② 同上,第 124 页。
③ 同上,第 124 页。
④ 同上,第 157 页。

有社会秩序的外来干扰,他非常反感。他不明白为什么他的姐姐萨拉可以离开河谷,也接受不了儿子选择去东部的普林斯顿大学而不是上传统加州人上的斯坦福大学或加州大学伯克利分校的举动。他对变化后的社会一无所知,对纷纷出现的房地产业、保险业、汽车业和广告业都不甚了了。于是,埃弗里特采取了逃避的方式,先是扔下家人去参军。因父亲去世不得不回家以后,他便让自己埋头农场的农活,对外界的一切采取逃避的方式。

莉莉和埃弗里特一样,执着于固有的生活方式。曾经是"河谷的百合花"①的莉莉,希望自己永远是富有农场主的公主,希望无忧无虑的生活能够恒久不变。为此,莉莉嫁给了埃弗里特。但是,他们的婚姻不是因为爱,而是因为家庭的默许和邻居们的期待。于是,久而久之,他们的婚姻出现了危机。到了后来,两人之间几乎无话可说。本来应该最亲密的夫妻俨然成了陌生人。"在床上,她常常假装自己是别人,是个陌生人,她认为,埃弗里特也是这么做的;她没有假装自己是别人的时候,她就假装着埃弗里特是别人。那些她没有假装他们两人都是别人的时候,她则假装一切都没有发生,还是第一次在河上的时候。"②从这段话可以看出,莉莉希望生活还停留在她和埃弗里特第一次做爱的时候。

埃弗里特为了缓解自己在社会变迁面前无所适从的心理危机,扔下莉莉去参军了。在莉莉看来,埃弗里特去参军跟任何事都无关,只是个人方面的原因,抑或是对她的惩罚。她觉得,"如果不是在某个方面

———————————

① Joan Didion, Run River[M]. New York: Pocket Books, 1963:43.

② Joan Didion. Where I Was From[M]. New York: Alfred A. Knopf, 2003:88.

没让他满意的话，他就不会走的"。① 她对埃弗里特说："你有个儿子，有个才两个月大的女儿。你父亲也需要你。②"她试图劝说丈夫不要走，但是，埃弗里特最终还是义无反顾地走了。莉莉给自己找到的发泄渠道则是乱性。她因此怀孕、流产、坏了名节，但她似乎都不在乎，从未因此感到内疚和悔恨。莉莉的乱性和埃弗里特去参军，都与"迷惘的一代"去欧洲一样，是对自我的一种放逐，是试图缓解精神危机的一种方式。最终，婚姻的大厦开始坍塌。埃弗里特杀了莉莉的情人，然后自杀。这个曾经显赫一时的家族就此"分崩离析"。

小说中还有一个无法面对社会变化的人物，这便是埃弗里特的妹妹玛莎。同样依恋河谷生活的玛莎爱上了外来者钱宁，但钱宁是个投机分子，为了钱财，他抛弃了玛莎，娶了个富家女。玛莎无法面对钱宁的背叛，她试图让自己从伤心绝望中解脱出来，于是，她参加晚会，购买衣服，甚至还鼓起勇气去参加钱宁的婚礼。但她心里并不平静，在婚礼上喝得酩酊大醉。她还试图说服自己忘掉钱宁，罗列了不该再爱钱宁的一条条理由。但是，她还是过不了这个坎。在一个天气恶劣的雨夜，玛莎驾着小船独自到河里去。自小在河边长大的玛莎明知道在这样恶劣的天气这么做是相当危险的，但她还是义无反顾地做了，显然是刻意为之。所以，玛莎其实是蓄意自杀的。

莉莉和埃弗里特兄妹被温切尔称为"狄第恩的迷惘的一代"③。他们都是失落在新旧两个世界中的人。狄第恩试图借助小说来说明一个

---

① Joan Didion. Where I Was From[M]. New York：Alfred A. Knopf，2003：89.

② 同上，第 89 页。

③ Mark Royden Winchell. Joan Didion[M]. Boston：Twayne Publishers，1989：78.

问题:由于社会的变迁,他们的祖辈实现的美国梦受到了无情的冲击。他们虽然想继续生活在这个梦里,但是,他们最终面对的却是破碎的梦境。时世变迁带来的不仅是旧有生活方式的终结,还有延续了几代人之久的美国梦的破灭。

狄第恩的怀旧感

　　社会发展的基本趋势是进步的还是倒退的,这是思想家们经常争论的问题。历史唯物主义认为,"社会发展的基本趋势是前进的、上升的,是推陈出新、由低级到高级的合乎规律的具体历史过程"①。从上面的分析可以看出,狄第恩同样认为,历史是不能割断的,是持续不断的,同时历史又不是一成不变的,而是变化发展的。但是,20世纪40年代以后的美国社会就像一个万花筒,变幻莫测。传统不再延续,道德趋于沦丧,原有的价值观念也已经面目全非。作为记者的狄第恩在她的非小说作品《向伯利恒跋涉前行》和《白色影集》等作品中,给我们展示的是一幅令人无所适从的后现代社会场景。在狄第恩眼里,20世纪60年代处于"一切分崩离析,中心不再凝聚"②的无序状态。而70年代则是"社会焦虑和无序甚至比60年代更加严重"③的时代。想起她小

---

　　① 李秀林等.辩证唯物主义和历史唯物主义原理[M].北京:中国人民大学出版社,1982:428.

　　② Joan Didion. Slouching Towards Bethlehem[M]. New York:Farrar, Straus & Giroux,1968:xi.

　　③ 李美华.琼·狄第恩作品中新新闻主义、女权主义和后现代主义的多角度展现[M].厦门:厦门大学出版社,2006:33.

时候在加州河谷过的生活，狄第恩对孩童时代的加州充满了浓烈的怀旧感。

这种怀旧感在《大河奔流》中同样得到了体现。加州变了，狄第恩小时候熟悉的加州已经完全消失。《大河奔流》"弥漫着一种失落感、'某种自豪感'的衰退以及作者家乡萨克拉门托河谷原有的、熟悉的方式的消失"①。在散文《当地姑娘的笔记》中，狄第恩同样表达了变化和失去这一主题。她回忆了很多小时候的生活片断，如夏天在河里游泳、驾车穿过种植啤酒花的田地、参加加州农产品交易会，等等。她接着写道："在那个温情的梦乡中，萨克拉门托一直在做梦，也许直到1950年出事的时候都是这样。出的事便是，萨克拉门托醒来时发现这么一个事实：外部世界正在涌入，速度很快，但很艰难。在醒来的那一刻，萨克拉门托不管是好是坏，已经失去了它的个性。"②从狄第恩的表述不难看出，狄第恩这里所说的"个性"，就是萨克拉门托的过去代表的一切，或者说过去的加州代表的一切。

在《大河奔流》出版40年后的2003年，狄第恩的非小说作品《我从哪里来》一书问世。狄第恩在书中写道："《大河奔流》中，大多是关于加州过去的样子或者说'正在变化'的样子，这本小说的细节让小说弥漫着一股很强的（现在我认为是有害无益的）怀旧情绪。我写这本小说的时候这么认为，现在，大约40年后，在我读这本小说的时候，还是这么认为。③"可见，狄第恩自己不但承认这种怀旧情绪，而且认为它是"有

---

① James J Rawls and Walton Bean. California: An Interpretive History[M]. 8th edition. New York: McGraw-Hill. 2003:439.

② Joan Didion. Slouching Towards Bethlehem[M]. New York: Farrar, Straus & Giroux,1968:173.

③ Joan Didion. Where I Was From[M]. New York: Alfred A. Knopf, 2003:160.

害无益"的。

题目《大河奔流》本身寓意深刻。河流东流入海,永不停歇,这意味着时间的流逝和不断推进的历史进程。时间流逝势必带来所有的变化。加州变得面目全非了,但是,谁也无法阻挡时间的流逝和历史的脚步。小说中有个情节,钱宁帮玛莎在新兴企业电视台找了个工作,可玛莎才工作了一个多星期就干不下去了。原因之一是玛莎没有能力胜任这一工作,原因之二就是电视台里不能没有的钟让玛莎心烦意乱,无法正常工作。狄第恩这么描写时间给玛莎造成的困扰:"她知道,指望钟停下不走是不可能的,别犯傻了。她知道他们需要一个钟。可有钟在那一秒一秒地走,她就没法工作。只要钟在那一秒秒地走,她的视线就无法离开钟,而因为钟没有声音,她就发现自己在脑海里给钟制造出声音来。"[①]这不由得让读者想起福克纳的名作《喧哗与骚动》中时间对昆丁的困扰。玛莎因为无法面对恋人的背叛,在一个危险的雨夜驾驶小船到河上去,最后被河水淹没,而昆丁也因为无法摆脱时间的困扰,在自己的脚上绑上熨斗沉河而亡。

结　语

时间的脚步是永不停息的,而时间的流逝带来的变化是不可避免的。狄第恩让幸存者莉莉最终明白:"一切都在变化。没有人选择这一变化,但一旦变化开始,什么也无法使之停止。"[②]而这也正是狄第恩试

① Joan Didion, Run River[M]. New York: Pocket Books, 1963:179.
② 同上,第 44 页。

图通过小说传达给读者的信息：谁也无法阻挡历史的脚步，阻止社会的变化。也许有的人会认为今不如昔，于是对过去的一切抱有浓烈的怀旧感。但是，过去的毕竟已经过去，既然历史是不断向前发展的，那么，我们就不能耽溺于过去，而是必须向前看，必须对未来倾注更多的憧憬和希望，这才是对待历史发展的正确态度。

11

美国黑人的蓝调生活

——《最蓝的眼睛》赏析

　　1993 年,美国黑人女作家托妮·莫里森(Toni Morrison,1931—)因为具有极其丰富的想象力和诗意的表达方式而获得诺贝尔文学奖,成了美国历史上第一位获得诺贝尔文学奖的黑人女作家。莫里森的得奖标志着美国黑人女作家的文学成就得到了世界的公认。特鲁迪尔·哈里斯(Trudier Harris)说:"如果 20 世纪的最后 20 年可以被称为非裔美国女作家的年代,那么,托妮·莫里森的功劳就是确立了用以衡量别的作家的标准。"①

　　莫里森出生在美国西部的一个黑人家庭。父亲是工人,母亲则是家庭妇女。虽然生活艰辛,但莫里森的父母相亲相爱,家庭和睦。父母之间和谐的关系影响了莫里森的成长和她以后的创作。在良好的家庭氛围熏陶下,莫里森成长为一名坚强聪慧的黑人女性。1949 年,她以优异的成绩被霍华德大学录取。这是一所著名的黑人大学,以培养优秀的黑人人才而闻名。一入学,莫里森就参加了学校的话剧社,这一经历给莫里森提供了展现演出才华的机会。然而,更重要的是,随社团到南方巡回演出让她目睹了南部地区农村黑人的生活状况,使她对种族

---

　　①　Trudier Harris. Toni Morrison[M]. Eds. Cathy N. Davidson and Linda Wagner-Martin, The Oxford Companion to Women's Writing in the United States. New York: Oxford University Press,1995:578.

问题有了进一步的认识。1958 年,莫里森和在霍华德大学学建筑的牙买加学生哈罗德・莫里森组成了家庭,但两人的婚姻只持续了六年。这段失败的婚姻对莫里森的创作影响很大。她的有些小说就反映了两性关系的不和谐。1964 年,莫里森在蓝登书屋找到了一份编辑工作,这份工作为她的创作提供了大量的素材。除了编辑工作,莫里森还在不同的大学担任过教职,教授美国非裔研究及文学创作等课程。莫里森以自身所受的正规教育和对美国文学研究的兴趣为基础,以丰富的想象为动力,用小说展现了自己的情感经历以及对生活的理解。莫里森一共出版了九部小说,获得过各类奖项。除了长篇小说,莫里森还有短篇小说和散文作品问世。

叙事结构

《最蓝的眼睛》(*The Bluest Eye*,1970)是莫里森的处女作。小说讲述了一个黑人家庭的故事。男主人乔利和妻子波莉虽然也曾有过美好的初恋和新婚时光,但是,随着时间的推移,两人之间的摩擦和矛盾越来越多,伴之以黑人家庭普遍存在的贫穷。两个孩子的相继到来并未给这个家庭带来转机,反而加剧了两人的矛盾和家庭的困窘。乔利酗酒成性,波莉则到一个白人家庭去当佣人。两人在一起时总是争吵不断,甚至大打出手,给女儿佩克拉和儿子山姆带来了极大的痛苦。对白人家庭来说,波莉是一个"理想的佣人"[①],但在自己家里她却对孩子

---

① 托妮・莫里森.最蓝的眼睛[M].陈苏东,译.海口:南海出版公司,2013:82.

威严有加,结果,"在她儿子心里她敲打出离家出逃的强烈愿望,在她女儿心里她敲打出对长大成人、对世人、对生活的恐惧"。① 最后,乔利在一次酒醉后奸污了自己年仅 11 岁的女儿,导致佩克拉怀孕。孩子早产,生下后很快就死了,佩克拉因此发疯。乔利死在贫民福利院里,山姆离开了家乡,只剩下波莉带着疯了的佩克拉过日子。《最蓝的眼睛》,用凯托·卡特拉克(Ketu H. Katrak)的话说,就是一个令"美国社会很不舒服"②的故事。

托妮·莫里森被认为是"非裔美国文学史形式上最深奥微妙的小说家"③。她的小说主题广泛,有历史的负重,有种族、性别和社会阶层的影响,有爱情、死亡、背叛以及人物本身应负的责任,等等。展现这些主题时,莫里森采用了不同的叙事技巧。在《最蓝的眼睛》中,莫里森把故事分成了春、夏、秋、冬四个部分。

故事是从秋开始的,而在这之前,还有一个故事的引子,即美国 20世纪 30—60 年代用来教孩子识字的读本里的一段话:

> 这就是那所房子,绿白两色,有一扇红色的门,非常漂亮。这就是那一家人,母亲、父亲、迪克和珍妮就住在那所绿白两色的房子里,他们生活得很幸福。看见珍妮了吧,她穿着一条红裙子。她想玩,谁会和珍妮玩呢?看见小猫了吧,小猫喵喵叫。过来玩呀,

① 托妮·莫里森.最蓝的眼睛[M].陈苏东,译.海口:南海出版公司,2013:82.

② Ketu H. Katrak. Colonialism, Imperialism, and Imagined Homes[M]//Ed. Emory Elliott. The Columbia History of the American Novel. Beijing: Foreign Language Teaching and Research Press, 2005:670.

③ Henry Louis Gates, Jr. and K.A. Appiah, eds.. Toni Morrison: Critical Perspectives Past and Present[M]. New York: Amistad Press, 1993:ix.

过来和珍妮玩呀,小猫不愿玩。看见母亲了吧,母亲很和善。母亲,你愿和珍妮玩吗?母亲大笑。笑吧,母亲,笑吧。看见父亲了吧,他又高又壮。父亲,你愿和珍妮玩吗?父亲笑了,父亲,笑吧。看见小狗了吧,小狗汪汪地叫。你愿和珍妮玩吗?看见小狗跑了吧?跑吧,小狗,跑吧。看那,看那,来了一位朋友。他愿和珍妮玩。他们要玩一个有趣的游戏。玩吧,珍妮,玩吧。①

但是,莫里森不只是引用了这段话,她重复用了三次,只是每次稍有不同。第一次是正常的可读的形式,包括标点符号。第二次没有了标点符号,但单词与单词之间还是有空格的。虽然比第一次引文更难懂了些,但是通过断句,大家还是能大体明白其中意思的。第三次就不同了,不但没有了标点符号,连单词与单词之间的空格也没有了。整段引文成了所有字母连在一起的"天书"。莫里森引用这段话的目的,首先是为了把其中描述的美国核心家庭的家庭生活和小说讲述的黑人家庭生活作对比。而莫里森之所以采用这种方法,目的是为了强调一种越来越强的节奏,体现一种"从有序到无序的变化"②,这是黑人家庭杂乱无章、温饱不济的一种象征。

接下来,莫里森把这段引文分别用到故事某些部分的开头,与该部分的故事形成了鲜明的对照。在第一部分"秋"里,莫里森用了"这就是那所房子,绿白两色,有一扇红色的门,非常漂亮"。③ 她还把"非常漂亮"重复了几次。可是,故事里讲述的黑人家庭麦克迪亚家却房子破

---

① 托妮·莫里森.最蓝的眼睛[M].陈苏东,译.海口:南海出版公司,2013:3.

② 杨仁敬.20 世纪美国文学史[M].青岛:青岛出版社,2000:703.

③ 托妮·莫里森.最蓝的眼睛[M].陈苏东,译.海口:南海出版公司,2013:3.

旧,冰冷难忍。接下来用的是"这就是那一家人,母亲、父亲、迪克和珍妮就住在那所绿白两色的房子里,他们生活得很幸福"。① 然而,这部分的故事却告诉我们:布里德洛夫这个家庭同样有母亲、父亲、儿子和女儿,但这家人租住在一间库房里。父母亲经常吵架,甚至大打出手,儿子和女儿束手无策,导致儿子经常出走,女儿则认为自己的丑陋就是父母吵架打架的原因。这家人根本就不幸福。

在"冬"这部分,莫里森用了"看见小猫了吧,小猫喵喵叫。过来玩呀,过来和珍妮玩呀,小猫不愿玩"。②

这部分故事讲的是佩克拉被有色人种杰萝丹的儿子哄骗去家里玩,杰萝丹的儿子对母亲溺爱家里的猫不满,残忍地把猫摔死后嫁祸于佩克拉,佩克拉因此不仅被杰萝丹谩骂,而且被她赶出了家门。

在"春"这部分,莫里森用了"看见母亲了吧,母亲很和善。母亲,你愿和珍妮玩吗?母亲大笑。笑吧,母亲,笑吧"。③

在这部分,莫里森讲述了佩克拉的母亲波莉的故事,讲了她的身世,讲了她和乔利的恋爱,讲了她婚后的寂寞和苦恼,最后便是她和乔利之间的争吵和打架。所以,波莉是根本笑不出来的。第二部分用了"看见父亲了吧,他又高又壮。父亲,你愿和珍妮玩吗?父亲笑了,父亲,笑吧"。④ 这部分叙述的是乔利的故事,包括他的出身、他被姨婆抚养长大的经历、他第一次和一个女孩亲热时被白人猎人侮辱的事情、他北上寻找父亲、他遇到波莉并与之结婚,最后,自然便是贫穷和与波莉

---

① 托妮·莫里森.最蓝的眼睛[M].陈苏东,译.海口:南海出版公司,2013:3.

② 同上,第 3 页。

③ 同上,第 3 页。

④ 同上,第 3 页。

192

20 世纪美国经典小说赏析

不和使他成了个酒鬼。这样一个父亲，自然也是笑不出来的。接下来引用的是"看见小狗了吧，小狗汪汪地叫。你愿和珍妮玩吗？看见小狗跑了吧？跑吧，小狗，跑吧"。① 这里就讲到了人称"皂头牧师"的韦特克姆。他不喜欢房东家的狗。这只狗已经又老又聋，而且还很不干净。韦特克姆恨透了这只狗，恨不得它死。所以，这只狗和引文中的小狗也形成了对比。

最后一部分，"夏"的部分，莫里森的引文用的是"看那，看那，来了一位朋友。他愿和珍妮玩。他们要玩一个有趣的游戏。玩吧，珍妮，玩吧"。② 而莫里森讲的则是"皂头牧师"哄骗佩克拉的故事。为了有双最蓝的眼睛，好让自己变得漂亮起来，佩克拉去找了"皂头牧师"。佩克拉还真把他当成一个可以帮助自己的朋友了。可是，狠心的韦特克姆却欺骗了佩克拉，让她毒死了那条狗，导致佩克拉最后发疯。这个"朋友"和佩克拉玩的是一个残忍的游戏，而不是有趣的游戏。而这个游戏最终把佩克拉推向了绝境。

这就是《最蓝的眼睛》独特的叙事结构和叙事方法。通过分析，我们不得不佩服莫里森的奇思妙想，可以把小学识字读本中的一篇文字应用得这么贴切，这么精准。引文和小说中讲述的故事又形成了鲜明的对照，更加凸显了小说的主题。

---

① 托妮·莫里森.最蓝的眼睛[M].陈苏东,译.海口:南海出版公司,2013:3.
② 同上,第 3 页。

贫穷:黑人蓝调生活的根源之一

　　前面我们分析过,小说一开始,莫里森引用了孩子识字读本中的一段话。这段话描述了一个典型的美国白人家庭:母亲、父亲、迪克和珍妮住在一所绿白两色的房子里,幸福地生活在一起。在这个家里,母亲很和善,父亲又高又壮,家里还有小狗、小猫。孩子们玩得很高兴,一家人其乐融融。但是,莫里森给我们讲述的不是白人家庭的故事,而是黑人家庭的故事。小说共涉及两个黑人家庭:麦克迪亚一家和布里德洛夫一家。与白人家庭形成鲜明对比的是,黑人家庭生活窘迫,非常贫困。小说一开始,莫里森便把麦克迪亚家的贫困窘态呈现在读者面前:"我们住的房子是绿色的,又旧又冷。到了晚上只有大屋里点了盏煤油灯,其他屋子则充满了黑暗、蟑螂和老鼠。"①因为窗户不严实,为了防风,他们还得用破布把窗户缝堵上。生病的克劳迪娅虽然穿着内衣躺在被窝里,但是,屋里太冷了,以致她不愿意把长袜脱掉,因为光着腿躺着实在太冷了。莫里森这么描写躺着的克劳迪娅的感受:"过了很长时间,身子挨着的那块地方才暖和过来。一旦把那块地方焐热了,我就不敢动了,因为身子四周半英寸之外的地方都是凉的。"②因为贫穷,冬天便成了贫困家庭的天敌。克劳迪娅说,冬天来临以后,她父亲的眼睛"就变成了积雪的悬崖,随时可能发生雪崩"。③ 他一再指示要"如何开

---

① 托妮·莫里森.最蓝的眼睛[M].陈苏东,译.海口:南海出版公司,2013:5.
② 同上,第6页。
③ 同上,第39页。

关窗门以使热气合理分布,如何让火焰缓缓燃烧而不熄灭……如何铲煤,添煤,封炉子"①,无非都是为了省省燃料,好让一家人顺利度过寒冬而不至受冻。同样因为贫穷,当佩克拉在麦克迪亚家寄住时,麦克迪亚太太会因为佩克拉多喝了牛奶而满腹抱怨:"三夸脱牛奶。昨天还在冰箱里,整整三夸脱,现在没了,一滴也没有了。我不心痛别人进来拿他们爱吃的东西,但那是三夸脱牛奶啊!见鬼了,谁能喝得下三夸脱牛奶啊?"②连克劳迪娅都说她母亲"没完没了,令人屈辱,尽管不是直截了当……仍然十分伤人"③。

比麦克迪亚一家更贫穷的是布里德洛夫一家。这家人根本没有自己的房子,他们租住在一间库房里。库房用胶合板隔成两间屋子,但并未一隔到顶。一间是客厅,另一间是卧室。卧室里有三张床,一家四口全都睡在这间卧室里。冬天取暖靠的是卧室中间的一个煤炭炉。家里陈设简陋,家具劣质,衣橱还是用纸板做的。卫生间没有淋浴设备,只有一个马桶。莫里森一针见血地指出:"布里德洛夫一家住在库房并不是因为工厂裁员造成的暂时困难。他们住在那里是因为他们穷,他们是黑人。"④

如果说麦克迪亚一家虽然贫穷,但还能过着相对稳定的生活的话,布里德洛夫一家人的生活则是悲惨不堪的。乔利酗酒成性,经常把自己喝得烂醉如泥。而等他清醒之后,夫妻俩便总会有一场战斗,从吵架开始,然后大打出手。乔利使用的武器是脚、手掌以及牙齿,而波莉则

---

① 托妮·莫里森.最蓝的眼睛[M].陈苏东,译.海口:南海出版公司,2013:39.
② 同上,第 14 页。
③ 同上,第 15 页。
④ 同上,第 24 页。

用铁锅、火棍,偶尔也用烙铁。对这些吵架打架,两个孩子习以为常,也无可奈何:

> 对这些争吵,两个孩子的反应不同。山姆总是先骂上一会儿或是出走或是加入战斗。据说,到他 14 岁时他已离家出走不下 27 次。有一回,他都到了水牛城,在那儿待了 3 个月。不管是被遣送回来还是生活所迫,他每次都是败兴而归。而佩克拉,由于年幼,再加上是女孩儿,只能试着用各种办法忍受这一切。尽管方法不同,感受的痛楚却是深刻与长久的。她常在两种愿望之间徘徊,或是父母其中一人被对方打死,或她自己死了算了。①

可以想象,一个孩子会有这种愿望,心里是受到了多大的伤害。而当喝醉酒的乔利最终奸污了自己年仅 11 岁的女儿佩克拉,而佩克拉又被"皂头牧师"韦特克姆诱骗,亲手毒死了他房东家的狗时,她终于不堪重负,精神失常了。

种族歧视:黑人蓝调生活的根源之二

黑人蓝调生活的另一个根源是美国社会的种族歧视。我们知道,美国社会的主流是白人,美国黑人是 16 世纪起才从非洲被贩卖到美国的。他们在美国南方的种植园里从事农业生产劳动,但没有人身自由,

---

① 托妮·莫里森.最蓝的眼睛[M].陈苏东,译.海口:南海出版公司,2013:27.

生杀大权都掌握在白人主人手里。1861 年,著名的美国内战爆发,以林肯为代表的联邦政府反对蓄奴制,提出解放黑奴的纲领。经过四年的战争,北方最后战胜了南方,蓄奴制得以废除,黑人获得了自由。但是,种族平等却在相当长的时间内难以实现。内战结束后不久,美国确定了对黑人的系统性种族隔离政策,很多黑人仅仅因为轻微违反隔离令而遭到严惩。20 世纪 50 年代,美国民权运动掀起,著名的黑人领袖马丁·路德·金领导黑人为废除种族隔离政策而努力。大规模的黑人抗议浪潮最终迫使美国政府取消了种族隔离政策。但是,在现实生活中,种族歧视仍然十分严重。

在《最蓝的眼睛》中,莫里森通过布里德洛夫一家的故事,揭露了美国社会种族歧视给黑人带来的痛苦和伤害。在白人眼里,黑人都是丑陋的。长期的种族歧视让黑人接受了自己就是丑陋的观点,甚至产生了自己的种族就是丑陋的信念,因为"所有的广告牌、银幕以及众人的目光都为此话提供了证据"。[①] 他们从来没有意识到丑陋其实并不属于他们,而是白人社会强加给他们的。他们于是把丑陋当面具一样戴着。布里德洛夫家的两个孩子山姆和佩克拉对待丑陋的态度是:"山姆把他的丑陋当作武器用于伤害别人。他以此为尺度调整自己的行为,以此为依据选择伙伴:他使有的人惊叹,有的人恐慌。而佩克拉则躲避、遮掩,甚至消失在她的丑陋之后,偶尔从面具后面探头张望,很快又将其重新戴上。"[②]佩克拉还相信,因为她丑陋,所以老师和同学都不理睬她,都鄙视她。同样因为她丑陋,她的父母才会争吵不断。她甚至认为,"如果她长相不同,长得漂亮的话,也许乔利就会不同,布里德洛夫

---

① 托妮·莫里森.最蓝的眼睛[M].陈苏东,译.海口:南海出版公司,2013:24.
② 同上,第 24 页。

太太也会不同"。^① 佩克拉不知道的是,她父母的争吵并非跟她有关,而是跟贫穷有关,跟美国社会有关,跟种族歧视有关。

小说中有一个佩克拉去买糖的场景,从莫里森的描写可以看出,在白人眼里,佩克拉纯粹就是一个无形人。她去买糖,白人店主根本无视她的存在,看她的目光"没有一丝对人类的认同——目光呆滞,毫无察觉"。^② 佩克拉虽然是个小女孩,但她在白人的眼神里见到过那种厌恶之感。佩克拉认为,这种厌恶"一定是针对她的,是针对她的黑皮肤的。她的一切处在变化之中,而黑皮肤是一成不变的。正是这黑皮肤引起了白人眼神里带有厌恶之感的空白"。^③ 这里,佩克拉代表的不是一个个体,而是美国黑人这一整个群体,是遭受白人种族歧视的整个黑人阶层。

令人感到悲哀的是,黑人受到白人的歧视和欺压后不但接受了这种歧视,而且还对他们的同种族人实施同样的伤害。小说中有个情节,一群黑人男孩围成一圈欺负佩克拉,骂她的话是:"小黑鬼,小黑鬼,你爸爸睡觉光屁股。"^④莫里森对这些孩子的行为是这么评论的:"他们自己也是黑皮肤,他们的父亲可能也有类似的习惯,此时此刻无关紧要。他们对自身肤色的鄙视使这种辱骂更尖刻。他们好像把多年培育的愚昧,精心习得的自憎,认真设计的无望,浓缩成一句在他们空洞的脑海里翻腾已久的滚烫的咒语——冷却之后——鼓起勇气喷吐出来,将一

---

① 托妮·莫里森.最蓝的眼睛[M].陈苏东,译.海口:南海出版公司,2013:29.
② 同上,第 31 页。
③ 同上,第 31 页。
④ 同上,第 41 页。

切拦路之物摧毁。"①

　　另一个例子便是乔利。乔利一出生便被母亲扔到垃圾堆里,是姨婆不忍心才把他捡回,含辛茹苦地把他养大。但是,乔利青春期的时候,有一天,他正跟年龄相仿的女孩亲热,不幸被两个带着枪的白人男人看到了。两个男人一边骂他黑鬼,一边残忍地要乔利在他们眼皮底下继续亲热。迫于无奈,乔利忍气吞声,屈辱地继续,直到两个白人离去。按理说,乔利应该恨的是那两个白人猎人,然而,恰恰相反,乔利恨的不是白人,而是跟他亲热的女孩,他把所有因屈辱而产生的恨意全部转移到女孩身上,完全忘了女孩跟他一样也是受害者。"他绷着脸,烦躁不堪,把怨恨都撒向达琳。他一次也未想过要怨恨那两个猎人。这种想法会毁了他。他们是高大带枪的白人,而他是弱小无助的黑人。他下意识地明白仇恨白人会让他自取灭亡,会让他像煤球一样燃烧,只剩下灰烬以及团团的青烟。"②黑人一方面受到白人的歧视和伤害,另一方面却又互相作践,互相伤害,把他们遭受的屈辱和痛苦内化成伤害同种族人的力量。

　　姨婆去世以后,乔利只身一人北上寻找父亲,却发现父亲只是一个毫无亲情的赌徒。年仅 14 岁的乔利从此彻底绝望,此后简直无法无天,"自由得很危险"③。他干过苦力,蹲过监狱,连对死亡都已经毫不顾忌。母亲把他扔在垃圾堆里,父亲为了赌博对他不屑一顾,姨婆又已经去世,他在这个世界上一无所有。就是在这样的情况下,乔利遇见了波莉。一开始,他确实渴望建立一个小家庭,而两个人结合后也过了一

---

　　① 托妮·莫里森.最蓝的眼睛[M].陈苏东,译.海口:南海出版公司,2013:97.
　　② 同上,第 41 页。
　　③ 同上,第 102 页。

段幸福的时光。但是,渐渐地,"一成不变、毫无变化的生活压力使他感到绝望,也凝固了他的想象力。……任何人,任何事,都无法引起他的兴趣,包括他本人,包括其他人。只有饮酒能让他忘却这一切,给予他一线希望。而当那一线希望也消失时,剩下的只有默然。①"孩子的降生使他的生活更是雪上加霜。从小被扔在垃圾堆上,抚养过他的是一个年龄、性别和兴趣都与他相去甚远的老女人,从未体验过父母之爱的他自然胜任不了父亲的角色。更令人发指的是,这个父亲在烂醉如泥、思维不清晰的情况下把自己年仅 11 岁的女儿佩克拉给奸污了,导致佩克拉怀孕,孩子生下后不久就死了。最后,佩克拉也发疯了。

白人与黑人之间有种族歧视,有色人种和黑人之间同样有种族歧视。这里的有色人种是指白人和黑人的混血儿。他们同样有黑人血统,但他们对此并不认同,把自己当作和黑人不一样的人。浅棕色皮肤的有色人种杰萝丹便对她的儿子解释过黑人与有色人种之间的差别,"有色人种整洁安静,黑人肮脏吵闹②"。看到佩克拉,杰萝丹觉得她就是黑人女孩中的一个,觉得"她们的头发从不梳理整齐,裙子总是破破烂烂,带泥的鞋子总是不系鞋带。她们总是用不可理解的目光瞧着她,既不眨眼,也不害臊。在她们的眼睛里可以看到世界末日,世界起源,以及末日与起源之间的荒芜③"。对于黑人,她认为"他们居住的地方寸草不生,花木凋零,阴影笼罩,而罐头盒和汽车轮胎则生长繁茂。他们吃黑豆喝冷饮长大,像苍蝇一样成群结队地飞行,像苍蝇一样散落下

① 托妮·莫里森.最蓝的眼睛[M].陈苏东,译.海口:南海出版公司,2013:103.
② 同上,第 56 页。
③ 同上,第 60 页。

来"①。在她眼里,黑人就是像苍蝇一样令人生厌的害虫。于是,她禁止自己的儿子裘尼尔和黑人孩子玩,只让他跟白人孩子玩。因为她认为黑孩子不配和她的儿子玩。作为母亲,她只是无条件地满足儿子的物质需求,却将情感转移到心爱的猫身上。得不到母爱的裘尼尔于是把对母亲的仇恨转嫁给那只猫,对猫进行残忍的虐待,最后发展到把猫摔死,并嫁祸给被他骗到家中的佩克拉。对于有色人种,波莉曾经说过这样的话:"北方的有色人种也不一样,和白人一样差劲,会让你感到无足轻重。没想到他们也会这样瞧不起人。②"

　　另一个有色人种则是同样有着浅棕色皮肤的西印度群岛人——韦特克姆。他的祖上有白人血统,他们家一代又一代人一直在努力维护那点白人血统,但最终改变不了他们混血儿的命运。他没有挣钱的本事,干过几份留给黑人的白领工作,最后摇身一变,谎称自己是牧师。他还是一个有恋旧物癖好的怪人。他结过婚,但他的妻子无法忍受他总是试图把她的快乐变成悲哀,因而离开了他。此后他一直单身。黑人们无法理解他,却把他的不正常当成了超自然,他便成了"学者,导师及解梦人"③。韦特克姆不喜欢房东家的狗,打算毒死它。可他自己不敢靠近狗,于是,有一天,在佩克拉来他这里寻求帮助时,诱骗佩克拉把狗毒死了。他对佩克拉的这一伤害直接导致了佩克拉最后的发疯。

　　可见,种族歧视和贫穷让黑人家庭深受其害,痛苦不堪。更可悲的是,他们没有用爱和互相支持来缓解所受的伤害,反而互相伤害。因为乔利酗酒,老是喝得烂醉,波莉对他充满厌恶,把他当成"罪孽和失败的

① 托妮·莫里森.最蓝的眼睛[M].陈苏东,译.海口:南海出版公司,2013:60.
② 同上,第 75 页。
③ 同上,第 106 页。

典范"①。波莉在一个白人家庭当佣人,她对那家白人尽心尽力,尽职尽责,她觉得,"在那里,她享受的是美丽、井然、清净的生活以及人们的赞扬"。② 于是,她越来越不顾及家庭、孩子和丈夫,而对于她满意的佣人生活,她只是一人独自享受,并不把它带到自己的家里,也不带给她的孩子。小说中有这样一个情节:佩克拉到波莉当佣人的家里取衣服,克劳迪娅姐妹俩到这里找她。佩克拉因为想看看妈妈刚烤的馅饼是不是还是热的,不小心碰翻了装馅饼的盘子,糖浆溅到了佩克拉的腿上,把她烫伤了,而白人小女孩只是弄脏了裙子。可是,波莉根本无视佩克拉已经被烫伤的事实,伸手就把她打倒在地,使佩克拉滑倒在糖浆上,造成了二次受伤。但波莉还不住手,一把把她拽起来,又朝她打去。她一边打还一边骂:"傻瓜……我的地板,一团糟……看你干的好事……滚出去……现在就滚……傻瓜……我的地……我的地……我的地啊!"③波莉一再重复"我的地",可见她更心疼被弄脏的地板,而不是已经受伤的自己的女儿。对只是弄脏裙子的白人小女孩,波莉又是安慰又是照顾,还不忘把自己的女儿赶走。这样一个妈妈给孩子带来的不是母爱,只有伤害。

在《最蓝的眼睛》里,莫里森让读者看到了白人对黑人的歧视和伤害,以及黑人之间的互相伤害。同样有黑人血统的有色人种则把自己视为和黑人不一样的人,尽管在白人那里他们也得不到尊重和平等,但他们同样歧视和伤害黑人。所有这一切,都是造成黑人蓝调生活的一部分原因。

---

① 托妮·莫里森.最蓝的眼睛[M].陈苏东,译.海口:南海出版公司,2013:81.
② 同上,第81页。
③ 同上,第70页。

白人价值观对黑人的影响

黑人有自己的传统和价值观,但是,离开了非洲,置身白人为主流的美国社会,黑人疏离了自己的传统价值观,全盘接受了白人的价值观。在《最蓝的眼睛》中,这种价值观体现在审美标准上。在白人的审美标准中,白皮肤、金头发和蓝眼睛是美的象征,而黑人的黑皮肤、黑头发、黑眼睛不但被认为是不美的,还被认为是丑陋的。可悲的是,黑人也认同了这种审美标准。小说中,黑人都认为"圣诞最贵重、最特殊、最可爱的礼物总是蓝眼睛的大娃娃"①。其实,何止黑人,全社会都是这么认为:"大人们、大女孩们、商店、杂志、报纸、橱窗——全世界都一致认为所有的女孩都喜爱蓝眼睛、黄头发、粉皮肤的布娃娃。"②这里的"大人们"不仅指黑人,也指白人。除了人,连"杂志、报纸"等媒体也是这么宣传的。这些价值观便这样被强加在"那些没有能力抵御,没有办法抵抗其袭击的人身上"。③克劳迪娅家喝牛奶的杯子上印有白人小姑娘雪莉·坦布尔的头像。佩克拉寄住在克劳迪娅家时,就因为喜欢印有雪莉·坦布尔头像的杯子,喜欢摆弄和欣赏雪莉的甜脸蛋,所以多喝了牛奶,因此遭到麦克蒂尔太太的抱怨。玛丽·珍糖的糖纸上印着的是玛丽·珍的头像,而玛丽·珍同样是一个有着蓝眼睛的白

---

① 托妮·莫里森.最蓝的眼睛[M].陈苏东,译.海口:南海出版公司,2013:12.

② 同上,第12-13页。

③ Donald B. Gibson. Text and Countertext in The Bluest Eye[M]//Henry Louis Gates, Jr. and K.A. Appiah, eds.. Toni Morrison: Critical Perspectives Past and Present. New York: Amistad Press, 1993:163.

人小女孩。佩克拉认为那双蓝眼睛实在是太漂亮了,她觉得,"吃了糖块就好像吃了那两只眼睛,吃了玛丽·珍,爱上了玛丽·珍,也变成了玛丽·珍"①。可见,黑人内化了这些主流审美观。可是,由于种族之间的不同,这些审美观对黑人其实是不适用的。迈克尔·奥克沃德(Michael Awkward)评论说:"《最蓝的眼睛》中的黑人似乎接受了关于美、道德和成功的西方标准,尽管他们自己(多半)是无法达到这些标准的。"②

莫里森在小说中说,佩克拉一家"把丑陋当面具一样戴着,尽管丑陋并不属于他们"③。接下来,莫里森进一步挖掘了他们为什么接受自己丑陋的原因:

> 当你注视他们时,你会纳闷他们为什么这么丑陋。你再仔细观察也找不出丑陋的根源。之后你意识到丑陋来自信念,他们对自身的信念。似乎有个无所不知的神秘主子给了他们每人一件丑陋的外衣,而他们不加疑问便接受下来。主子说:"你们都是丑陋的人。"他们四下里瞧瞧,找不到反驳的证据。相反,所有的广告牌、银幕以及众人的目光都为此话提供了证据。"是这样,"他们对自己说,"这说的是实话。"④

① 托妮·莫里森.最蓝的眼睛[M].陈苏东,译.海口:南海出版公司,2013:32.
② Michael Awkward. The Evil of Fulfillment:Scapegoating and Narration in *The Bluest Eye*[M]//Henry Louis Gates, Jr. and K.A. Appiah, eds.. Toni Morrison:Critical Perspectives Past and Present. New York:Amistad Press, 1993:181.
③ 托妮·莫里森.最蓝的眼睛[M].陈苏东,译.海口:南海出版公司,第24页.
④ 同上,第24页。

从这里不难看出,莫里森很明确地指出,黑人认为自己丑陋是白人社会强加给他们的。可悲的是,他们不但不加以抵制,反而全盘接受。大人接受了白人的审美标准,孩子自然也一样。年幼的佩克拉经常目睹父母吵架和打架的场景,于是,她认为,如果"她有双美丽的眼睛的话,她本人也会不同。……如果她长相不同,长得漂亮的话,也许乔利就会不同,布里德洛夫太太也会不同。或许他们会说:'看看佩克拉美丽的眼睛,在这双美丽的目光下我们不能做坏事。'"①于是,"每到夜晚,她就乞求得到蓝眼睛,从不间断。她充满激情地祈祷了整整一年。尽管多少有些失望,但她并未丧失信心。"②最后,佩克拉找到人称"皂头牧师"的韦特克姆,希望他能帮助自己拥有一双蓝色的眼睛。而心术不正的韦特克姆却诱骗佩克拉亲手毒死了他房东家的狗,残忍地让她亲眼看着狗惨死在她面前。佩克拉最后疯了,发疯后的佩克拉相信自己已经拥有了一双蓝色的眼睛。但她还觉得自己的眼睛不是最蓝的,希望自己的眼睛能够更蓝一些。

小说最后,莫里森这么描写佩克拉:

> 她受的伤害是彻底的。她终日将自己纤细柔弱的生命消磨在大街上,走来走去,走来走去,头随着只有她能听见的遥远的鼓声而晃动。双肘弯曲,双手搭肩,她笨拙地、不停地挥动双臂,试图像小鸟一样地飞去,如同一只丧失飞行能力的小鸟不停地扇动翅膀,一心向往它无法到达、甚至无法看见的蓝色太空。此种愿望充斥

---

① 托妮·莫里森.最蓝的眼睛[M].陈苏东,译.海口:南海出版公司,2013:29.
② 同上,第30页。

了她的思维。①

佩克拉已经步入疯癫世界,终于能够不受外界侵扰了。

结　语

　　因为贫穷,因为种族歧视,因为黑人自己的自我作践,也因为白人审美标准的影响,很多美国黑人家庭过的是一种悲惨、哀戚的蓝调生活,正如布里德洛夫一家一样。借用小说中妓女波兰的歌里唱到的歌词:

　　　　我有一支悲伤的歌

　　　　在面桶里,在碗柜里

　　　　我有一支悲伤的歌

　　　　在面桶里,在碗柜里

　　　　悲伤的歌在我卧室里②

　　对于美国黑人家庭来说,生活本身就是一首悲伤的歌,因为贫穷,因为受歧视,还因为他们无力改变所有这一切,只能继续无可奈何地过着一成不变的蓝调生活。题目"最蓝的眼睛"之所以不用复数而用单

---

①　托妮·莫里森.最蓝的眼睛[M].陈苏东,译.海口:南海出版公司,2013:133.
②　同上,第33页。

数,是因为它不是指佩克拉的"一双眼睛"。它是一个象征,象征着佩克拉对美的渴望,而且错误地认为只要自己有了最蓝的眼睛,自己便能由丑变美,而只要她变美了,一切都会变好。殊不知美国黑人的生活不是因为丑陋引起的,而是有着深层的历史原因、社会原因和种族原因。贫穷,受歧视,无力改变生活的窘境和生存状况,所有这一切,便构成了美国黑人的蓝调生活。

参考书目

英文参考书

[1]Awkward，Michael. "The Evil of Fulfillment"：Scapegoating and Narration in The Bluest Eye[M]. Eds. Henry Louis Gates，Jr. and K.A. Appiah. Toni Morrison：Critical Perspectives Past and Present.New York：Amistad Press，1993.

[2]Barnard，Rita. Modern American Fiction［M］. Ed. Walter Kalaidjian. The Cambridge Companion to American Modernism. Cambridge：Cambridge University Press，2005.

[3]Bell，Millicent. Introduction：A Critical History［M］. Ed. Millicent Bell.The Cambridge Companion to Edith Wharton. Cambridge：Cambridge University Press.

[4]Booz，Elizabeth B.A. Brief Introduction to Modern American Literature[M]. Shanghai：Shanghai Foreign Language Education Press. 1982.

[5]Brown，Ellen F. and John Wiley. Jr.Margaret Mitchell's Gone with the Wind ［M］. New York：Taylor Trade Publishing，2011.

[6]Coles Editorial Notes.The Catcher in the Rye[M]. Toronto：Coles Publishing Company，2003.

[7]Coles Editorial Notes.The Great Gatsby[M]. Toronto：Coles Publishing Company，2003.

[8]Elliott, Michael A. and Jennifer A. Hughes. Turning the Century[M]. Eds. Peter Stoneley and Cindy Weinstein. A Concise Companion to American Fiction 1900—1950. Massechusetts: Blackwell Publishing Ltd., 2008.

[9]Didion, Joan. Run River[M]. New York: Pocket Books, 1963.

[10]Didion, Joan. Slouching Towards Bethlehem[M]. New York: Farrar, Straus & Giroux, 1968.

[11]Didion, Joan. Where I Was From[M]. New York: Alfred A. Knopf, 2003.

[12]Gates, Henry Louis Jr. and K.A. Appiah. Eds. Toni Morrison: Critical Perspectives Past and Present[M]. New York: Amistad Press, 1993.

[13]Gibson, Donald B. Text and Countertext in The Bluest Eye[M]. Eds. Henry Louis Gates, Jr. and K.A. Appiah. Toni Morrison: Critical Perspectives Past and Present. New York: Amistad Press, 1993.

[14]Grabstein, Sheldon Norman. Sinclair Lewis[M]. New York: Twayne Publishers, Inc., 1962.

[15]Harris, Trudier. Toni Morrison[M]. Eds. Cathy N. Davidson and Linda Wagner-Martin. The Oxford Companion to Women's Writing in the United States. New York: Oxford University Press, 1995.

[16]Herron, Ima Honaker. The Small Town in American Literature[M]. New York: Haskell House Publisher Ltd., 1971.

[17]Hussman, Lawrence E. Jr. Dreiser and His Fiction: A Twentieth-Century Quest[M]. Philadelphia: University of Pennsylvania Press, 1983.

[18]Katrak, Ketu H. Colonialism, Imperialism, and Imagined Homes[M]. Ed. Emory Elliott. The Columbia History of the American Novel. Beijing and New York: Beijing: Foreign Language Teaching and Research Press and Columbia University Press, 2005.

[19]Leer, David Van. Society and Identity[M]. Ed. Emory Elliott. The Columbia

History of the American Novel. Beijing：Foreign Language Teaching and Research Press and Columbia University Press，2005.

［20］Lehan，Richard. Sister Carrie：The City，the Self，and the Modes of Narrative Discourse［M］. Ed. Donald Pizer，New Essays on Sister Carrie. Beijing：Beijing University Press，2007.

［21］Rawls James J. and Walton Bean.California：An Interpretive History，8ᵗʰ edition. New York：McGraw-Hill. 2003.

［22］Sinley，Carol J. Edith Wharton［M］. Ed. in Chief. Jay Parini.The Oxford Encyclopedia of American Literature. Shanghai：Shanghai Foreign Language Education Press.2011.

［23］Stout，Janis P. Through the Window，Out the Door［M］. Tuscaloosa：The University of Alabama Press，1998.

［24］Spindler，Michael.American Literature and Social Change［M］. London：The Macmillan Press Ltd.，1983.

［25］Winchell，Mark Royden. Joan Didion［M］. Boston：Twayne Publishers，1989.

［26］Whipple，T.K. Sinclair Lewis［M］. Ed. William Van O'Connor.Seven Modern American Novelists. Minneapolis：The University of Minnesota Press，1967.

中文参考书

［1］保罗·亚历山大著,孙仲旭译,南京:译林出版社,2001.

［2］陈榕.新历史主义.赵一凡等主编.西方文论关键词［M］.北京:外语教学与研究出版社,2006.

［3］陈许.美国西部小说研究［M］.北京:北京大学出版社,2004.

［4］戴维·明特.福克纳传［M］.顾连理,译.上海:东方出版中心,1994.

［5］弗朗西斯·菲茨杰拉德.了不起的盖茨比［M］.巫宁坤,译.南京:译林出版社,

1998.

[6]李美华.琼·狄第恩作品中新新闻主义、女权主义和后现代主义的多角度展现[M].厦门:厦门大学出版社,2007.

[7]李秀林等.辩证唯物主义和历史唯物主义原理[M].北京:中国人民大学出版社,1982.

[8]刘秀华.转型期人的个性与社会秩序关系研究[M].天津:天津人民出版社,2008.

[9]欧内斯特·海明威.永别了,武器[M].林疑今,译.上海:上海译文出版社,1995.

[10]塞林格.麦田里的守望者[M].施咸荣,译.南京:译林出版社,1998.

[11]舍伍德·安德森.小城畸人[M].吴岩,译.上海:上海译文出版社,1983.

[12]童明.美国文学史[M].北京:外语教学与研究出版社,2008.

[13]托妮·莫里森.最蓝的眼睛[M].陈苏东,译.海口:南海出版公司,2005.

[14]王立宏.J.D.塞林格小说的文化阐释[M].北京:北京大学出版社,2017.

[15]威廉·福克纳.喧哗与骚动[M].李文俊,译.杭州:浙江文艺出版社,1992.

[16]西奥多·德莱塞.嘉莉妹妹[M].潘庆舲,译.北京:人民文学出版社,2003.

[17]辛克莱·刘易斯.大街[M].潘庆舲,译.武汉:长江文艺出版社,2008.

[18]杨金才.新编美国文学史:第三卷[M].上海:上海外语教育出版社,2002.

[19]杨仁敬.20世纪美国文学史[M].青岛:青岛出版社,2000.

[20]伊迪斯·华顿.欢乐之家[M].赵兴国、刘景堪,译.南京:译林出版社,1993.

[21]朱刚.新编美国文学史:第二卷[M].上海:上海外语教育出版社,2002.

后　记

　　对我来说，这本书确实是个意外的收获。2017年，厦门大学大力鼓励制作慕课。一开始，我对慕课一无所知，一些朋友也曾告知制作慕课的辛苦，所以，当时对慕课并无兴趣。后来，张龙海教授力邀我参加他主持的"美国诺奖作家经典赏析"和"英国诺奖作家经典赏析"两门慕课的制作，我负责其中的两讲，分别是美国诺奖得主中的辛克莱·刘易斯和英国诺奖得主中的威廉·巴特勒·叶芝。从选定作家（诗人），写讲稿，到慕课制作公司录制，再到最后的上线与开课，我对慕课制作有了比较清晰的认识，也了解了慕课制作的整个过程。

　　多年来，我一直给研究生上"20世纪美国小说""英国诗歌赏析""美国诗歌赏析"等课程，刘易斯和叶芝都在我所选的作家和诗人之列。慕课课程的讲稿，对我来说是现成的，就是将上课内容文字化而已。看到"美国诺奖作家经典赏析"和"英国诺奖作家经典赏析"这两门课上线后每次都有好几千人选听，我不禁对慕课这种方式有了认同感。当今社会，生活节奏越来越快，而互联网的普及又让我们进入了信息大爆炸的时代。人们对阅读大部头的长篇小说产生了排斥心理，既无耐心也没兴趣。然而，没想到，中国大学慕课网的文学课竟然吸引了这么多对文学感兴趣的人，这让我萌生了独自制作"20世纪美国经典小说赏析"

这门慕课的念头。

对我来说，这门课可谓驾轻就熟。从 2003 年开始，我便给英语专业学术型的硕士生上这门课。每一年，面对不同的学生，我对小说都会有新的领悟和理解，每每萌生把上课内容汇集成书的念头，无奈教学科研事多，行政事务也繁忙，终至一再搁置，没有动笔。去年，借慕课制作的东风，我申请了这门慕课。年底，慕课制作完成，在中国大学慕课网上线，第一轮开课便有一万五千多人参加，这让我备受鼓舞。接下来，我对慕课讲稿的内容进行扩充，增加了一些内容，且又增加了两本小说，终于写成此书。这本书可以说是我对十几年来上"20 世纪美国小说"这门课的一个总结，也是教学反哺教研的一个例证。

现在，这本书终于可以交稿付印了，我心里颇为高兴。借此机会，我要感谢张龙海教授，感谢厦门大学教务处的慕课立项，感谢厦门大学外文学院的大力支持。最后，还要感谢我的家人和朋友长期以来对我教学、科研及所兼任的行政工作的支持！真诚地对大家说一声：谢谢！

李美华

2019 年 3 月 18 日于厦门海洋花园寓所